VOYAGE

AU MONT BLANC.

PARIS — Imprimerie DONDEY-DUPRÉ, rue Saint-Louis, 46, au Marais.

VOYAGE

AU

MONT BLANC

OU

ÉTUDES SUR LES HOMMES ET LES PARTIS MONARCHIQUES

PAR JULIUS.

La république est le seul salut du peuple,
et le seul asile commun de tout le monde.

LAMARTINE. *(Conseiller du peuple.)*

PRIX : 75 c.

PARIS.

GARNIER FRÈRES, LIBRAIRES,

215, PALAIS-NATIONAL ; RUE RICHELIEU, 10.

1849.

INTRODUCTION.

§ I.

Idée générale du pays.

Lecteur, ceci est la relation d'un voyage fait à votre porte, dans un pays dont on raconte d'étranges choses. J'ai visité aussi le mont Rouge et la plaine, et il se peut que plus tard je vous en dise un mot.

Il n'est peut-être pas inutile de vous donner une idée générale de ces trois pays qui en représentent un grand : les deux montagnes ne sont séparées que par une plaine, jadis d'une assez grande largeur, mais qui s'est rétrécie de jour en jour, et qui à l'heure présente est très-étroite.

Ces pays ne vivent pas dans une paix profonde ; ils sont même en hostilité vive l'un contre l'autre ; et cependant, afin d'échapper aux dangers du dehors, ils se sont entourés d'un mur commun assez élevé, que l'on pourrait comparer, à plus d'un titre, à la fameuse muraille qui sépare la Chine de la grande Tartarie.

En effet, je demandai un jour à un habitant du mont Blanc pourquoi ils s'enfermaient ainsi dans une enceinte de pierre ? Il me répondit que c'était afin de se garantir des invasions des Barbares : d'où je conclus qu'ils avaient sans doute à leurs portes quelque peuple envahisseur et peu civilisé.

Je ne vous parlerai pas de la nature du sol, de l'ardeur du climat, des orages qui le troublent; je ne vous parlerai pas non plus des rassemblements hostiles qui se sont formés plus d'une fois à leurs frontières, et ont emporté les gouvernements, les hommes et les lois : je laisse ce soin à des historiens plus graves, mieux formés que moi à l'étude des révolutions.

Je dirai seulement les mœurs, la religion, l'esprit politique, et le caractère de leurs habitants, et je le ferai, je crois, avec quelque vérité. Vous serez étonné, lecteur, que dans une contrée aussi peu étendue, il y ait tant d'hommes remarquables, et une si grande divergence dans les opinions.

J'ai beaucoup voyagé, jamais je n'ai vu dans un aussi petit espace tant de passions opposées, tant de systèmes divers, tant de haines civiles, tant de bruits, tant de clameurs, tant d'injures, tant de violences.

Ces trois pays sont soumis à un même gouvernement, qui est la république; mais beaucoup de gens prétendent qu'il est subi et non accepté par le mont Blanc, qui ne serait pas fâché de retourner à la monarchie.

Afin de donner une idée générale de la population, nous dirons : que le mont Blanc est habité par les aristocraties, et par tout ce qui fait le commerce d'or et d'argent, et par les fonctionnaires tombés des anciens gouvernements.

Une grande partie de la population ouvrière occupe le mont Rouge.

La classe moyenne, moins ardente, moins passionnée, plus pacifique, et généralement douée d'un sentiment de justice plus profond, s'est établie dans la plaine : elle modère les emportements qui poussent les montagnards à se ruer les uns sur les autres : mais on a toujours vu cette population si calme s'amoindrir dans les moments de crise et d'agitation politique : alors, par un phénomène que les géologues seuls peuvent expliquer, une sorte d'alluvion se forme au pied des montagnes, qui envahissent ainsi la plaine, et obligent les habitants des deux rives à se faire montagnards.

On redoute avec raison cette puissance d'envahissement :

car il se peut que le mont Rouge et le mont Blanc, n'étant plus séparés que par une vallée très-étroite, se heurtent dans un moment d'éruption volcanique, se brisent, et couvrent le pays tout entier de ruines : jusqu'à ce jour les secousses n'ont pas été aussi redoutables qu'on aurait pu le craindre ; mais qui oserait répondre de l'avenir, en présence des colères que l'on a, et des haines que l'on se prépare ?

Après ces réflexions générales, nous rappellerons au lecteur que nous n'entendons parler, dans cette petite brochure, dans ce livre premier, que du voyage au mont Blanc; plus tard, si le public paraît le désirer, nous parlerons du mont Rouge et de la plaine.

Nous passons au livre premier : il ne sera pas difficile de comprendre qu'en parlant des hommes nous parlons des partis, et que nos appréciations s'appliquent plus souvent à ceux-ci qu'à ceux-là.

§ II.

Des différentes races qui habitent le mont Blanc.

La population qui habite le mont Blanc n'est pas homogène : c'est une réunion formée des débris de différentes races qui ont tour à tour gouverné le pays, et sont tombées sous les efforts d'adversaires puissants.

On pourrait les diviser en trois partis, qui n'ont de commun entre eux que deux choses, un assez grand amour de la monarchie, et un ressentiment fort vif contre les adversaires qui leur ont enlevé le pouvoir ou les empêchent d'y arriver. Ils s'entendent pour résister ; s'ils voyaient l'ennemi à terre, ils se diviseraient, et on les verrait s'armer avec fureur les uns contre les autres.

Un intérêt de conservation les unit, un intérêt d'ambition romprait le cercle fragile qui les enferme, et montrerait la force des passions et des doctrines et l'impuissance dangereuse des coalitions.

Les coalitions savent résister, elles ne savent rien entreprendre, rien oser ; la diversité des éléments qui les composent paralyse leur action : elles prolongent les situations périlleuses, elles ne les améliorent pas : elles retardent les révolutions, mais aussi elles les rendent plus terribles ; et plus leur résistance est tenace, plus vite grandit la force du mouvement qui les emporte.

A la cime du mont, on voit les hommes de l'ancienne monarchie : ce sont eux qui donnent leur nom à la montagne : leur drapeau blanc, semé de lis, est roulé autour de la hampe et abaissé devant le drapeau de la plaine, dont les couleurs nationales flottent librement sur le pays.

A mi-côte habitent les financiers et une foule d'hommes d'état encore stupéfaits d'un mouvement récent qui leur enleva en un jour emplois, honneurs, pouvoirs, richesses.

Leurs opinions, leurs intérêts, le souvenir des biens perdus, les rattachent comme les premiers à la monarchie, mais ils ne reconnaissent pas le même chef.

Enfin, plus bas, et en descendant jusqu'à la plaine, on reconnaît quelques vieux soldats couverts de blessures et de gloire.

Ils rêvent encore un empire quand ils n'ont plus leur empereur.

Autour d'eux s'agitent des familiers, gens de courage, mais d'une ambition qui pourrait être, assure-t-on, plus désintéressée, plus utile au pays.

Il y a çà et là, dans chacun de ces partis, des petits jeunes gens qui portent la moustache relevée et luisante : leur habit est toujours à la mode, et leur cravate bien mise.

Leurs pères ont fait de grandes choses, ou amassé beaucoup d'argent : eux savent monter un cheval, désarmer proprement un adversaire : ils font mouche à quarante pas, se ruinent quelquefois avant trente ans, et sont fort aimés des dames.

On les appelle les muscadins.

CHAPITRE PREMIER.

§ Ier.

Mœurs de la population qui habite le sommet du mont Blanc.

La population qui habite la cime du mont Blanc est généralement d'une grande politesse de mœurs ; c'est elle qui a le mieux conservé le goût de l'ancienne galanterie : elle est aussi polie que les gentilshommes de la cour du dernier siècle ; nous ajouterons, elle est moins dépravée.

C'est que la perte du pouvoir entraîne presque toujours une réforme dans les habitudes ordinaires de la vie : on devient meilleur en devenant plus faible : le sentiment de l'égalité, en pénétrant dans les institutions, rend le vice puissant plus timide, les lois plus justes et plus vigoureuses, et les mœurs publiques plus respectables.

Mais on prétend que si l'homme privé est devenu meilleur, l'homme politique est devenu plus mauvais.

Anciennement, dit-on, celui-ci était plus franc et plus loyal : il cachait moins ses desseins, et sa pensée n'était pas un mystère pour le pays : il parlait et agissait avec la même sincérité.

Depuis que les révolutions lui ont apporté successivement les variations de fortune les plus inattendues, il est devenu dissimulé, astucieux, intrigant : il parle à l'oreille de ses amis un langage qu'il se garde bien de répéter en face de ses adversaires.

Il ne dit jamais qu'une moitié de sa pensée, et renferme l'autre dans les réticences.

Il veut rester ce qu'il est, et paraître ce qu'il n'est pas.

Il veut être à la fois l'homme du présent et l'homme de l'avenir : il veut être républicain, sans cesser d'être royaliste.

Il ne s'est pas converti à des idées qu'il a toujours combattues ; il fait semblant de les accepter, afin d'être plus à même de les déconsidérer.

Il est des principes que la dernière révolution a proclamés, et que le peuple a acceptés comme le signe de son émancipation politique : il les sait incompatibles avec la forme de gouvernement qu'il voudrait faire prédominer ; cependant il se garde bien de les attaquer de front ; il sait que sa polémique se briserait contre la résistance, et trahirait des intentions qui le perdraient dans l'esprit de beaucoup de gens.

Il procède d'une façon plus adroite ; il n'attaque pas les principes, mais il fait une guerre acharnée aux hommes qui les ont fait prévaloir et qui les défendent.

Il sait combien la faveur publique est inconstante, et combien il est facile en temps de révolution de détruire les hommes les plus désintéressés, les plus honnêtes, les plus capables.

Le peuple n'est pas toujours assez éclairé pour apprécier avec justice les suites inévitables des changements politiques ; comme le besoin le presse chaque jour, il est peu patient, il veut de suite les améliorations promises, et trop souvent il trouve amer le fruit des révolutions, parce qu'il veut le cueillir trop vite, et il livre à ses vieux adversaires, ses amis que n'ont pas su faire germer et mûrir en un jour la moisson qu'il se promettait de récolter.

On profite avec habileté de toutes ces impatiences, de toutes ces douleurs : on sait aussi les puissants secours que les rancunes, les haines et l'envie apportent à l'attaque ; et, suivant avec ruse un plan d'agression qui échappe à bien des regards, on désarme les principes en tuant moralement leurs défenseurs naturels.

On espère ainsi démolir plus aisément l'œuvre de la révolution : ses ennemis, nous en avons l'espérance, ne prévaudront pas contre elle : le droit saura résister au privilége, la liberté à l'oppression, et la lime usera la dent.

Nous ne parlons pas ici de la fraction du parti qui veut expérimenter sérieusement les institutions de son pays, mais de ceux qui, s'attribuant ce beau rôle d'expérimentateurs, répètent à tout propos que tout va mal parce qu'on est en république, et que tout irait bien si on était en monarchie : entre un concours loyal et une hostilité ouverte, il n'y a que de la rouerie et de la duplicité : vous êtes des hommes d'honneur, faites donc alors une guerre plus honnête.

§ II.

Sa religion.

La religion des habitants qui occupent la cime du mont Blanc est le catholicisme : il ne faut pas s'imaginer, cependant, qu'ils soient profondément religieux; ils honorent la religion plus qu'ils ne la pratiquent.

Sans être libertins comme leurs pères, ils aiment assez les douceurs et les plaisirs de la vie, pour ne pratiquer que modérément la morale austère du dogme chrétien.

S'ils paraissent avoir pour lui une si grande vénération, ce n'est pas qu'ils croient bien fermement à sa divine origine et soient moins philosophes que leurs adversaires; c'est que, depuis longtemps, ils ont trouvé en lui des principes de subordination et d'autorité qui ont fortifié leur domination, et n'ont pas peu contribué à déconsidérer la religion dans l'esprit des peuples.

Aujourd'hui, cette alliance est moins intime, mais elle est assez forte, cependant, pour que de part et d'autre on espère trouver en elle un moyen puissant d'augmenter son influence et d'arriver au pouvoir.

Il y a dans le code religieux tant de choses, que toutes le

sociétés politiques peuvent y trouver un appui et justifier par son texte le droit qu'elles ont à gouverner.

Les réformateurs les plus subversifs des formes actuelles de gouvernement, les sectateurs arriérés du despotisme l'invoquent, nous devons le dire, avec la même bonne foi.

Mais une chose dont on ne peut douter, c'est que, jusqu'à ce jour, il a mieux servi, peut-être, le despotisme que la liberté, il s'est plus occupé à enseigner au prolétariat la résignation et l'obéissance, qu'au pouvoir le respect de l'égalité, et l'obligation d'accorder aux peuples les droits dont les citoyens jouissent dans les états libres.

Nous ne ferions pas ce reproche au catholicisme, ou plutôt à quelques-uns des ministres qui le représentent et qu'il ne faut pas toujours confondre avec lui, s'ils s'étaient renfermés dans le cercle de leurs attributions religieuses; mais ils en sont sortis bien souvent, et presque toujours pour soutenir la suprême autorité du monarque, et combattre les améliorations que le libéralisme voulait introduire dans le mécanisme des gouvernements.

Ils se sont ainsi aliéné la liberté, ils se sont mis en suspicion auprès des peuples, ils ont vu diminuer peu à peu leur légitime influence, et leur action politique a paralysé leur action religieuse.

Nous le répétons, ceci ne serait pas arrivé s'ils ne se fussent faits les instruments du caprice despotique des souverains, et se fussent contentés d'enseigner la doctrine et la morale évangélique sans prédilection pour aucune des formes de gouvernement qui divisent le monde.

C'est donc dans l'influence que le christianisme a longtemps exercée sur la politique qu'il faut chercher la raison de ces respects que les hommes dont nous parlons professent pour la religion : comme ils s'imaginent que l'avenir leur appartient, ils comptent sur leur ancienne auxiliaire afin de mieux établir leur autorité.

Beaucoup de gens pensent qu'une pareille épreuve serait ruineuse pour celle-là, et n'épargnerait pas à ces derniers une chute nouvelle et plus profonde.

Il est bien entendu que nous parlons ici du gros de la population, et que nous ne mettons pas en doute la sincérité des croyances que l'on retrouve dans quelques esprits ; mais ils sont là, comme dans le reste du pays, assez rares ; et, pour un croyant, on rencontre vingt sceptiques.

§ III.

Ses principes politiques.

Un jour, je fis la rencontre d'un habitant du mont Blanc, qui demeurait sur une des pointes les plus élevées de la montagne.

C'était un homme encore jeune, d'une taille assez élevée, d'un esprit léger, et d'une franchise de langage qui accusait la plus grande inexpérience de la vie politique.

Il avait cependant la prétention de faire un législateur, et de bien servir les siens : il ignorait une chose, c'est que l'homme de parti qui ne sait ni dissimuler ni se taire fait autant de bien à ses adversaires que de mal à ses amis.

Comme je désirais surtout me faire une idée exacte des opinions politiques de cette partie de la population, je résolus de profiter de l'occasion que cette rencontre m'offrait, et nous eûmes un entretien que je vais rapporter.

« Je suis étranger dans le pays, lui dis-je : j'étudie les mœurs, les opinions, les lois, la religion de chacune des peuplades qui l'habitent ; et, en ce moment, je voudrais apprendre de vous quels sont vos principes politiques, et comment vous entendez le gouvernement de la société. »

« Vous savez, me répondit-il, que nous sommes en république. »

« C'est, lui dis-je, la première chose que j'ai apprise en arrivant chez vous, car au moment où je mettais le pied sur votre territoire, j'entendis une immense acclamation qui partait d'une extrémité à l'autre des montagnes en passant par la plaine, et saluait la république; et je ne vous cacherai pas que j'en éprouvai un joyeux contentement : cette acclamation unanime qui réunit tout un peuple autour du gouvernement qu'il s'est choisi est une preuve d'union et de force, et fait d'une telle nation une puissance redoutable à ses voisins. »

« Je vois, me répondit-il, que vous êtes étranger; vous n'avez pas l'habitude de notre langue, vous donnez aux mots le sens qu'ils paraissent avoir, et ne voyez pas que le plus souvent ils empruntent aux circonstances une signification qu'ils n'ont pas par eux-mêmes : une inflexion de voix, un geste, un regard, un sourire, tout contribue chez nous à modifier le sens des paroles.

» Nous ne disons pas toujours ce que nous semblons vouloir dire; et le meilleur moyen de connaître le fond de notre pensée n'est pas d'écouter les harangues que nous prononçons en public, les cris que la pression révolutionnaire nous oblige de faire entendre, mais d'étudier nos opinions bien connues.

» Généralement, on ne doute pas de la sincérité de nos vieilles convictions; on devrait donc douter de la sincérité de ces manifestations qui n'ont pas de signification sérieuse; et c'est bien là ce que font les gens sensés : ils savent que nous ne serons républicains que jusqu'au moment où nous pourrons cesser de l'être sans danger : le soin de notre conservation, l'intérêt de notre cause, que ces ruses servent bien en nous rendant possibles, nous obligent à cette dissimulation. »

Cette franchise de langage m'étonna, il s'en aperçut et reprit :

« Le meilleur moyen de faire tomber un gouvernement, ce n'est pas de contester sa légitimité, de le combattre sans merci; c'est de le diriger, et de l'engager peu à peu dans des voies contraires à sa nature, dans des alliances avec des princes qui ont juré sa ruine, dans des guerres qu'il ne peut en

treprendre sans se vouer au mépris de ses ennemis et à la
haine de ses amis.

» C'est en s'opposant à l'intérieur à toutes les réformes qui
pourraient le faire aimer ; c'est en maintenant tous les abus
qui entraînèrent la chute des gouvernements qui le précé-
dèrent ; c'est en montrant au peuple que la même denrée est
toujours au fond du sac et qu'on n'en a changé que l'étiquette.

» C'est ainsi que l'on procède quand on est habile.

» On commence par renverser les hommes, puis on tâche de
se glisser à leur place : là, on compromet la république à
l'étranger ; on fait mille efforts pour lui enlever l'affection des
citoyens ; on soulève contre elle, à l'intérieur et à l'extérieur,
les mécontentements et les haines, et lorsque les intérêts ont
assez souffert, que les déceptions ont découragé le patriotisme, que la désaffection est mûre, on lève le masque, on
déploie son drapeau, on monte sur les hauteurs et on crie :

Iterum ad salutares undas,
Ad nos, in nomine Domini,
Ad nos venite, populi !

» Si tout d'abord nous disions hautement nos espérances,
si nous montrions au peuple le but où nous voulons le con-
duire, il nous répondrait : « Restez chez vous. » Et nos principes et nos personnes ne pèseraient pas une once dans la
balance des destinées nationales.

» Ce sont nos personnes bien plus que nos principes qui
nous donnent quelque crédit auprès de la nation : nos noms,
notre fortune, la bienfaisance qu'elle nous permet de répan-
dre adroitement autour de nous, nous donnent sur les populations rurales un assez grand ascendant.

» Généralement, elles ont fort peu de sympathies pour nos
idées ; mais pour peu que nous fassions semblant d'accepter les
leurs, elles acceptent nos personnes.

» Une cocarde démocratique à notre chapeau nous sert bien
mieux que notre bannière fleurdelisée. »

Je voyais bien là un moyen peu scrupuleux d'arriver au

pouvoir, mais on ne me disait pas quel était ce pouvoir, et
de quelle façon on prétendait l'organiser définitivement ; enfin
on ne me disait pas quels étaient les principes sur lesquels on
entendait faire reposer l'autorité : je priai mon interlocuteur
de m'éclairer sur un point aussi important, et il le fit de la
meilleure grâce du monde.

« Notre principe de gouvernement, me dit-il, c'est l'hérédité, qui ne peut produire ses conséquences et se développer
que sous la forme monarchique : sur ce point, nous sommes
tous d'accord.

» Mais nous nous divisons sur la part d'autorité qui revient
au chef de l'État : on voit aussi chez nous le parti du progrès,
et le parti de la résistance ; celui qui prétend mettre la
royauté en harmonie avec les temps nouveaux, et celui qui
prétend remettre les temps nouveaux en harmonie avec l'ancienne royauté.

» Plus d'une fois on a vu les deux fractions de notre grand
parti monarchique se révéler en d'imprudentes discussions,
et il a fallu toute la sagesse de nos vieux diplomates pour
faire comprendre à des écrivains passionnés le danger de ces
luttes publiques, et la nécessité pour le parti de rester fermement uni, et de ne pas mettre nos adversaires dans le secret de ces querelles intestines.

» Nous voulons tous une monarchie puissante; mais les
hommes qui représentent chez nous le passé, et ce sont ceux
qui parlent peu, écrivent peu et se réservent pour l'action,
pensent que le meilleur moyen d'arriver à ce but, c'est d'accorder au prince un pouvoir absolu.

» Selon eux, le peuple doit toujours être tenu en tutelle,
en servage : c'est un mineur qui ne doit jamais arriver à l'é-
mancipation, ni atteindre la majorité ; c'est un serf qui ne
doit jamais arriver à l'affranchissement.

» Tous les droits politiques appartiennent au prince, il doit
n'en céder aucun, s'il ne veut les perdre tous ; ce sont les
faiblesses, les concessions qui ont ruiné l'ancienne monarchie : si la royauté avait été ferme dans sa résistance, elle
serait encore debout.

» Le peuple ne doit connaître du gouvernement que le nom du prince, afin de le vénérer : il importe de lui fermer avec soin le forum, de l'obliger à se renfermer dans sa boutique, dans son atelier, dans son champ.

» Il faut bien se persuader que toute concession excite l'esprit d'insurrection, et que toutes les révolutions ont leur point de départ dans l'octroi de certaines libertés, de certaines franchises arrachées à la faiblesse des rois et de leurs ministres.

» Si on permet au peuple de regarder à ses affaires, il voudra pénétrer, une lanterne à la main, dans toutes les obscurités de la politique; il voudra voir clair dans tout ce qui le regarde, et peu à peu il envahira le pouvoir et chassera le maître.

» Permettez-lui de poser aujourd'hui le pied sur le seuil du palais, et demain il ira s'asseoir sur le trône.

» Tout pouvoir est envahisseur de sa nature; entre celui qui est tout-puissant et celui qui est faible mais impérissable, la lutte n'est pas égale : le premier a tout à perdre et rien à gagner, le second a tout à gagner et rien à perdre.

» Si on est assez imprudent pour lui mettre à la main la pioche ou le levier, il creusera lentement, patiemment, un abîme sous les pieds de son ennemi ; ou bien il soulèvera le colosse et le renversera par terre.

» Il faut donc que le prince se garde bien de livrer au peuple la moindre parcelle de son autorité, s'il ne veut la perdre tout entière et préparer sa ruine.

» Le prince est à la fois législateur, juge et chef militaire ; sa volonté doit être la raison souveraine, son pouvoir ne doit rencontrer nulle part de résistance. »

Je lui fis l'observation que l'état politique du pays me paraissait tout à fait opposé à ce régime, exhumé des derniers siècles de leur monarchie, et qui n'est accepté aujourd'hui que par les peuples peu avancés en civilisation, et j'exprimai la pensée qu'il n'était pas probable qu'une nation pût rétrograder à ce point.

Il reprit : « Vous parlez comme nos adversaires, et vous donnez aux choses un caractère qu'elles n'ont pas ; vous appelez despotisme ce que nous appelons gouvernement régulier, et vous appelez libéralisme et progrès ce que nous appelons désordre et décadence.

» Après avoir rendu aux mots leur vraie signification, je vous répondrai que les hommes de notre parti, quelle que soit leur nuance, sont doués d'un esprit politique merveilleusement souple, et qui sait se plier aux exigences des temps.

» Les partisans les plus décidés du passé ne songent pas à changer l'esprit public en un jour ; ils possèdent la science des transitions, ils savent manier les hommes et les tromper en flattant leurs idées ; ils ne demandent d'eux que ce qu'ils sont en mesure d'en obtenir, et peu à peu ils les mènent à reculons, jusqu'à ce qu'enfin ils les aient replacés sous une autorité qui leur fera comprendre qu'elle est tout, et qu'ils ne sont plus rien. »

Je lui demandai en quoi consistait ce système de transition, et comment ils entendaient la pratiquer.

« Il est préparé depuis longtemps, me répondit-il; c'est celui de la fraction la plus avancée de notre parti, de ceux d'entre nous qui veulent en quelque sorte allier la royauté au libéralisme : ils passeront au pouvoir le temps qu'il faudra pour user l'esprit de liberté ; et lorsqu'ils auront accompli leur tâche, ils céderont la place à ceux qui attendent dans le silence, et se réservent pour le moment où ils pourront reconstituer sur son antique base l'édifice monarchique. »

« Vous m'avez exposé clairement, lui dis-je, les principes des royalistes absolus; maintenant, je voudrais apprendre de vous les principes des royalistes libéraux. »

Voici comment il les exposa :

« Lorsque arriva la révolution qui nous renversa du pouvoir, certains hommes de notre parti, ceux principalement qui n'avaient pris aucune part importante aux affaires, crurent qu'il était en quelque sorte nécessaire de nous rajeunir, d'abandonner les anciens errements, et d'accepter les idées nouvelles, en tout ce qu'elles n'avaient pas d'incompatible avec le principe monarchique qui avait été accepté pendant tant d'années.

» Ils se rallièrent tous à une idée déjà vaguement formulée, et à la souveraineté populaire, qui était la base du gouvernement de nos adversaires, ils opposèrent la souveraineté nationale.

» Elle réside selon eux dans le roi et dans l'assemblée nommée par le suffrage de tous les citoyens : c'est le concours de ces deux volontés qui a fait la loi et constitue la souveraineté : elles s'appuient l'une sur l'autre, sans que l'une puisse jamais dominer l'autre, ni à plus forte raison la détruire.

» Cette combinaison, comme vous le voyez, révèle une assez grande habileté, et dans ces temps où l'on a surexcité les sentiments de liberté, où les droits du peuple ont été mis au-dessus de tous les droits, il était difficile de trouver mieux.

» Pour des gens qui sont à terre, c'est un moyen assez adroit de se relever, et la souveraineté nationale est une machine de guerre qui nous fera, je n'en doute pas, le plus grand bien.

» On a prétendu que ce principe de gouvernement avait toujours été celui du pays, qu'il était extrait des anciennes constitutions : on a dépensé beaucoup d'esprit pour le prouver ; mais, en conscience, nous ne pouvons dire qu'on ait réussi : c'était une tâche au-dessus de l'intelligence humaine.

» Le prince qui est arrivé après nous au pouvoir avait besoin, pour légitimer en quelque sorte son usurpation, de reconnaître la souveraineté populaire. C'est ce qu'il fit.

» Il semblait naturel alors que les assemblées émanassent du suffrage universel : mais le prince sentait que la révolution venait de le faire roi de la finance et de la bourgeoisie, et qu'il n'y avait pour lui de chances de durée qu'en s'appuyant sur ces deux fractions de la nation.

» Le peuple, qui avait compté sur un peu de reconnaissance, apprit encore une fois qu'il n'en faut jamais attendre de ses maîtres : on lui ferma les portes des comités électoraux, et, pour le consoler, ou, si l'on aime mieux, pour se moquer de lui, on lui répéta qu'il était souverain.

» On comprend qu'il ne dut pas être satisfait : c'était le moment de lui faire des avances, et ce fut alors que les libéraux

de notre parti lui promirent chaque matin le suffrage universel.

» Il est à remarquer qu'ils ne le voulaient pas direct, mais à
deux degrés : ils tâchaient de le dérober ainsi à l'influence du
radicalisme, en remettant le choix définitif des représentants
à des hommes moins passionnés que le peuple, et en donnant
aux grands propriétaires et au clergé des campagnes une plus
grande prépondérance sur les élections.

» Ainsi, on tentait le peuple, on l'irritait contre un gouvernement ingrat, et on se rouvrait à soi-même un chemin pour
rentrer au pouvoir.

» Depuis, une révolution nouvelle a fait justice de l'usurpation ; mais les radicaux, en accordant à la nation plus que
nous ne pouvions lui promettre, en ont seuls profité.

» Nous croyons toutefois qu'elle nous a rapprochés du but où
nous tendons ; car, si nous parvenions à détruire le radicalisme, il ne serait pas impossible que les chances des révolutions fissent tomber tout d'abord l'autorité en nos mains.

» En poussant le gouvernement républicain hors de ses voies
naturelles, en lui suscitant à l'intérieur et à l'extérieur mille
embarras, on le déconsidère peu à peu dans l'esprit du peuple, on jette le découragement dans l'âme des meilleurs citoyens, et dans ces moments où le patriotisme s'affaisse devant
des dangers que l'on a soin de grossir, où les intelligences
troublées ne voient plus clair, on exploite la peur et l'igno-
rance, et on fait sortir du suffrage universel des assemblées
qui changent l'organisation du pouvoir et enterrent le principe révolutionnaire. »

« Mais il se peut, lui dis-je, que votre triomphe ne soit pas
de longue durée ; ce qui vous a élevés aujourd'hui peut vous
renverser demain : le suffrage universel est une arme redoutable, surtout entre les mains de celui qui attaque : elle vous
sert bien contre vos adversaires, elle leur servira mieux contre
vous. »

« Je ne voudrais pas vous affliger, me répondit-il, mais vous
ne paraissez pas avoir l'intelligence très-subtile : vous n'avez
pas compris cette combinaison merveilleuse, qui nous permet

de nous servir du suffrage universel contre nos adversaires, et ne leur permettra pas de s'en servir contre nous lorsque nous serons au pouvoir.

» Car tel que nous l'entendons, il a la force de nous relever, il n'aura pas celle de nous abattre : vous avez dû remarquer, en effet, qu'il est une chose qu'il doit respecter, c'est l'autorité du prince, l'immutabilité de la royauté.

» Quelque excès que celui-ci se permette, il ne donne pas au peuple le droit de le renverser : il doit tout supporter, et se bien persuader que ces maux passagers sont largement compensés par les solides avantages qui naissent de la perpétuité de notre grande institution monarchique. »

« Mais enfin, lui dis-je, s'il survient quelque conflit entre ces deux pouvoirs, et si le peuple porte la main au front du prince et veut briser la couronne ? »

« Je vais vous dire ma pensée vraie, me répondit-il ; tous les hommes sensés pensent que ce conflit sera inévitable, et qu'il obligera la royauté à se mettre en état de légitime défense : alors le moment sera venu pour les royalistes libéraux de se retirer, et de céder le pouvoir aux absolutistes, qui aboliront le suffrage universel, et rétabliront, autant que le permettront les circonstances, la souveraine autorité du monarque.

» Alors le bourgeois rentrera dans sa maison, le marchand dans sa boutique, l'ouvrier dans l'atelier de son patron, le laboureur dans sa métairie, le villageois dans sa cabane, et le pays verra se clore enfin l'ère des révolutions. »

On le voit, le hasard m'avait bien servi : mon cicérone mettait à m'éclairer la meilleure volonté du monde : c'était, chose rare, un homme politique dont la parole exprimait fidèlement la pensée.

§ IV.

Ses hommes politiques.

Il est à l'étranger un prince qui paye de l'exil la faute de son aïeul : c'est aujourd'hui le représentant de l'hérédité : si

la souveraineté du peuple n'est pas au-dessus de cette trans-
mission héréditaire du pouvoir, lui seul doit régner.

Est-ce un homme de génie ? est-ce un homme ordinaire ?
est-ce un esprit de peu de savoir et de peu d'étendue ? On en
dit tant de bien, qu'on est porté à en croire beaucoup de
mal : on en dit tant de mal, qu'on est porté à en croire beaucoup de bien. Souvent on trouve la vérité au milieu de deux
exagérations.

Il est donc probable que, s'il manque de génie, il ne manque pas d'intelligence.

Il aime, dit-on, il veut le bien : si on doute un peu de sa
force d'esprit et de caractère, on ne doute pas de sa probité :
c'est une qualité assez rare chez ceux qui fréquentent les palais pour qu'on ne l'oublie pas.

Nous croyons que tout ce qu'il y a de bon en lui, il le doit
surtout à l'exil : c'est un maître qui doit mieux former les
princes que la fastueuse indolence des maisons royales. Les
courtisans qui suivent le malheur sont peu dangereux : rarement ils donnent de mauvais conseils.

Nous désirons pour lui, et pour le pays, qu'il n'échange
jamais contre un pouvoir éphémère ce repos un peu amer
qu'il trouve à l'étranger. A quoi bon venir préparer de nouvelles révolutions, et s'en aller ensuite grossir le nombre des
princes découronnés ?

Il porte avec lui la peine d'une faute qu'il n'a pas com-
mise; pourquoi s'exposer à traîner plus tard par le monde le
fardeau de ses propres erreurs, et peut-être les malédictions
de sa patrie ?

Qu'il ne regarde pas l'avenir à travers les illusions du pouvoir et des grandeurs, qu'il étudie l'esprit du siècle, qu'il
comprenne le sens de nos agitations civiles, et qu'il laisse le
pays consolider ses institutions nouvelles : les princes ont
beau faire, ils n'arrêteront plus le torrent qui les emporte.

Une chose étrange, c'est qu'on ne voyait pas sur le mont
Blanc les hommes qui avaient eu anciennement le plus d'influence sur le parti : soit amour de la retraite, soit exil vo-
lontaire, soit ingratitude de leurs amis, soit enfin qu'ils aient

cru être plus utiles à leur cause en effaçant momentanément
leur personnalité, ils avaient cédé à des subalternes des places
qu'ils eussent beaucoup mieux remplies.

Nous ne parlerons pas des absents, et nous dirons quelques
mots des hommes qui ont le privilége d'attirer les regards
des voyageurs.

Il en est un dont la voix puissante a remué bien des fois
la nation : les années ont blanchi ses cheveux ; on dit qu'elles
ne lui ont pas encore refroidi le cœur : il est de ceux qui
servent le pays plutôt qu'un parti : c'est qu'il a pour le premier plus d'estime, plus de passion que pour le second.

Il est plutôt homme du peuple qu'homme de l'aristocratie :
il a besoin de celle-ci, il lui donne l'éclat de sa parole ; mais
le sentiment qui l'inspire, il le donne au peuple.

C'est un tribun fourvoyé : un jour il s'égara sur le mont
Blanc, les habitants du pays s'emparèrent de lui ; ils le trai-
tèrent si bien, ils l'entourèrent de tant de bien-être et de ca-
joleries, qu'il se laissa naturaliser.

On dit que, de temps en temps, il jette les regards sur le
mont Rouge, et dit tout bas : « Si j'étais là ! »

S'il était là, et s'il avait encore la fière énergie de sa jeunesse, il remuerait l'Europe, ou pour la régénérer, ou pour
la détruire.

A côté de ce plébéien enrôlé sous le drapeau de l'aristocratie, on voit un descendant des vieux gentilshommes qui fait
sa cour au peuple : il semble être plus démocrate que royaliste : il parle comme le ferait un habitant de la plaine, et
avec une bonhomie si franche qu'on a plus de foi en ses paroles qu'en celles de ses amis.

On remarque en lui plutôt la politesse d'un bourgeois bien
élevé que l'arrogance d'un grand seigneur fier de son nom.

Il parle des siens avec respect, mais il ne cherche pas à se
faire un mérite personnel de leurs actions ; et il comprend
aussi bien qu'homme du peuple qu'on ne peut raisonnable-
ment se glorifier d'un éclat dont on n'est pas l'auteur, et que
la valeur personnelle peut seule nous donner quelque droit
à l'estime et à la reconnaissance du pays.

C'est, nous le croyons, l'homme de son parti qui marche avec le plus de franchise dans la voie que les derniers événements ont ouverte : si on nous prouvait que l'opinion que nous avons de lui est une erreur, nous ne croirions pas que l'on pût trouver la probité politique chez aucun de ceux qui habitent le mont Blanc.

On remarque aussi au milieu de cette population des écrivains que la polémique quotidienne a peu à peu élevés ; ce sont des esprits subtils et bien exercés aux luttes politiques ; ils font des tours de logique surprenants ; ils prouveraient, je crois, qu'ils sont tout d'une pièce, et que jamais ils n'ont varié dans leurs opinions.

Cependant, si leur plume a toujours exprimé les mêmes idées, elle ne s'est pas toujours servie pour les rendre des mêmes expressions ; il fut un temps où ils étaient si prudents, qu'ils avaient presque cessé d'être de leur parti.

Là habitent également les ultramontains ; ils répètent à tous propos : «Nous ne sommes d'aucun parti ; » mais comme ils cherchent le développement du sentiment religieux dans l'absolutisme clérical, ils vont tout droit aux gens qui, pendant bien longtemps, ont fait du clergé un instrument d'oppression.

C'est une erreur qui a déjà dépopularisé la religion, et il semblerait que des hommes qui lui sont profondément dévoués dussent lui ouvrir des voies nouvelles à travers les populations que remue le souffle puissant du libéralisme.

Quelques écrivains, quelques moines éloquents ont voulu tenter ce grand œuvre et rendre à la religion son influence heureuse ; ils ont succombé sous les clameurs des dévots, et presque sous l'anathème de l'Église.

Souvent les matelots qui veulent sauver le vaisseau s'attirent les malédictions de l'équipage.

On ne saurait croire tout ce qu'il y a d'entêtement, d'obstination, dans un cerveau que domine exclusivement l'idée religieuse : on ne saurait croire de combien de fiel elle emplit le cœur.

Elle fait de l'écrivain comme un reptile venimeux, qui distille chaque jour sur les hommes les plus illustres, sur les renommées les plus pures, le poison dont il est gonflé.

Il calomnie et tue par acquit de conscience.

Dans un camp opposé, il est des gens qui proclament la souveraineté du but : lui, reconnaît une autre formule qui qui exprime la même idée ; c'est que la fin justifie les moyens.

S'il le pouvait, pour l'honneur de son principe il déshonorerait tous ses adversaires ; s'il le pouvait, en plein dix-neuvième siècle, il ferait exterminer une moitié de l'humanité pour être plus à même de convertir l'autre ; car sa haine exhale la provocation et sue le sang.

Les hommes qui veulent qu'aujourd'hui la religion s'appuie sur le despotisme sont des fanatiques aveugles ; ils font beaucoup plus pour la perdre que ses ennemis les plus violents ; et elle périrait au milieu de ces dangereux défenseurs, si elle n'avait en elle-même assez de force pour résister à ses amis et à ses ennemis.

On se sent pris à la fois d'indignation et de tristesse quand on voit des écrivains remarquables se servir, au profit d'une grande cause, des plus détestables moyens, l'outrage, la calomnie, la provocation et la guerre.

Ces réflexions ont quelque amertume, mais nous ne pensons pas que l'on doive pousser la bienveillance pour les hommes et les partis jusqu'à la niaiserie.

Les ultramontains reconnaissent deux chefs imbus de leurs idées, et qui dirigent leur action politique : ils sont moins violents que les principaux sectaires qui les suivent, et comme cela arrive presque toujours chez les partis exaltés, on les accuse sourdement, on doute de leur énergie, et parce qu'ils sont plus prudents, on ne les trouve pas assez dévoués.

Ils n'ont pas tout à fait le même genre de talent : l'un est peut-être plus éloquent, l'autre est plus habile ; l'un, bien qu'il siége depuis longtemps dans les assemblées, semble n'avoir de l'homme politique que l'éloquence ; l'autre a été porté au pouvoir presque aussitôt son entrée aux affaires.

Le premier manque de cette rouerie, de cette habileté qu'il faut pour devenir un homme de gouvernement : il n'a pas toujours la prudence de se taire à propos et de ne dire que ce qui doit servir son parti. Emporté dans ses discours, il attaque ses adversaires avec une violence qu'il serait plus sage de modérer ; on évite ainsi des défaites, des confusions, des reculades ; il est bon de ne jamais oublier que les vaincus du jour seront peut-être les vainqueurs du lendemain ; et que les circonstances nous obligeront d'honorer de nos suffrages des adversaires que nous avons cherché à flétrir par nos attaques : on ne gagne rien à se mettre en opposition avec soi-même ; et on donne à croire aux honnêtes gens que l'on cède à la peur, ou bien que l'on a obéi à d'injustes ressentiments.

Le dernier est beaucoup plus maître de lui-même ; plus que son émule, il est né pour les intrigues de cabinet ; encore qu'il parle bien, il parle le moins possible, et il met dans ses discours tant de mesure, qu'il ne dit rien qui le puisse engager malgré lui, rien qu'il puisse être obligé de rétracter un jour.

Il a la patience, la ténacité, sans lesquelles on ne peut rien faire d'important ; il poursuit le but qu'il se propose d'atteindre sans se laisser détourner ni par les clameurs de ses amis, ni par les accusations de ses ennemis. Sa souplesse est égale à sa patience ; c'est un arbre plein de sève ; au souffle de l'orage, il plie, mais c'est pour mieux se redresser : plus d'une fois on l'a cru à terre ; après que le calme fut revenu on l'a retrouvé plus fortement enraciné dans le sol.

Nous croyons que l'on peut attaquer vivement ces deux hommes, nous ne pensons pas qu'on les puisse mépriser ; les convictions profondes ont droit aux respects de tous les partis : pour servir la religion, ils combattent la démocratie ; nous sommes convaincus qu'ils se trompent, et qu'ils font beaucoup plus de mal à la religion qu'ils prétendent servir, qu'à la démocratie qu'ils combattent ; mais nous ne doutons pas pour cela de leur dévouement aux grands intérêts qu'ils compromettent.

Nous passons au chapitre second.

CHAPITRE DEUXIÈME.

DE LA POPULATION QUI HABITE LA RAMPE DU MONT BLANC.

§ Ier.

Division des habitants.

Cette population, dont nous allons parler, pourrait se diviser en quatre classes : la première comprendrait les courtisans qui regrettent le passé avec le plus d'amertume ; la seconde, les hommes politiques qui travaillent à reprendre leurs positions perdues ; la troisième, les financiers qui pensent avec raison que l'argent a plus de crédit et de puissance sous les monarchies que sous les républiques ; la quatrième, la haute bourgeoisie que toute agitation inquiète, qui tient à son repos plus qu'à la liberté, et qui s'imagine que le peuple est tout disposé à incendier sa maison et à partager son domaine.

Quand un prince tombe, on voit tomber avec lui un cercle nombreux de courtisans que le favoritisme nourrit dans toutes les cours : ces hommes à l'esprit souple et caressant, aux articulations flexibles, à la langue chargée à la fois de miel et de poison, se plaisent à merveille dans les demeures royales, où ils ne manquent ni de crédit ni de richesses ; mais ils sont moins propres à s'élever dans les états populaires.

Aussi, lorsque, après avoir servi et perdu la royauté, ils se voient précipités tout à coup dans les rangs de la démocratie, ils travaillent aussitôt à la démolir, et préparent une restauration où ils puissent retrouver, avec la faveur du prince, tous les biens qu'ils ont perdus.

J'ai vu dans mon voyage un nombre assez considérable de ces hommes : à force de souplesse et de transactions avec leur conscience, ils sont parvenus à se relever un peu de leur chute : ils ont exploité avec adresse tous les mécontentements, toutes les souffrances qui suivent inévitablement les révolutions, ils se sont pris d'un beau zèle pour le peuple, auquel ils ne songeaient pas lorsqu'ils avaient du crédit ; ils ont acclamé la nouvelle forme de gouvernement, afin de ne pas trop froisser le sentiment public ; et en abjurant ainsi ce qu'ils avaient longtemps servi, ils ont réussi à dépopulariser leurs adversaires et à retrouver eux-mêmes quelque influence.

A côté des courtisans, je vis les hommes politiques : les premiers se laissent diriger principalement par l'intérêt de leur fortune ; on prétend que les seconds obéissent aux intérêts de l'ambition : il est, dit-on, dans leur nature d'aspirer sans cesse au pouvoir, et de ne reculer devant rien de ce qui peut favoriser leur élévation.

Nous aimons à croire qu'on les juge mal, et que s'ils désirent le pouvoir, c'est qu'ils se sentent la force de bien servir le pays.

On a vu dans tous les temps des citoyens d'une probité sévère, d'une morale inflexible, se tenir à l'écart, lorsqu'ils voyaient dans les mains des gouvernants des couleurs qu'ils ne connaissaient pas ou qu'ils avaient combattues : les hommes politiques dont nous parlons n'ont pas, nous assure-t-on, ces scrupules, et ils pensent que l'on peut sans se faire tort à soi-même abaisser le drapeau qu'on a servi, et relever celui qu'on a combattu.

Cette mobilité d'opinions sert bien l'ambition, mais elle ne donne pas toujours la meilleure idée des gens dont les principes politiques sont si incertains : on craint, avec quelque raison, qu'ils ne soutiennent que mollement ce qu'ils ont accepté si facilement ; et cette crainte est d'autant plus fondée, ajoute-t-on, que nous sommes tous fort sensibles aux blessures de l'amour-propre, et que le dépit d'avoir été vaincus nous donne souvent le désir de nous venger, et de relever ce qu'on a renversé malgré nous.

Il est des esprits défiants qui doutent de la sincérité des conversions soudaines : ils s'imaginent que les paroles servent de masque à l'intrigue ; qu'on couvre avec des mots une action qu'on n'ose encore avouer, et que ces professions de foi démocratiques sont autant de comédies dont les auteurs sont les premiers à se réjouir. Nous aimons mieux les croire d'un patriotisme plus sincère ; il nous semble qu'une forme de gouvernement la plus juste, la plus rationnelle qu'il y ait au monde, peut fixer enfin l'inconstance des opinions, et que des esprits honnêtes, de bons citoyens, ne se font pas un jeu de bouleverser leur pays.

Les financiers jugent de l'excellence d'un gouvernement aux profits que leur rapporte leur argent, et de la prospérité publique par celle de leur caisse : plus ils touchent d'intérêt, meilleures sont les institutions, et plus heureuse est la nation. Ils n'ont pas d'autre politique, ni d'autre mesure du bien-être des peuples : tout se réduit pour eux dans le chiffre de la rente et du revenu.

Ceci n'est point une critique, c'est une vérité : et beaucoup de gens pensent comme eux, que l'appauvrissement de la banque, c'est la ruine de l'État. Il serait souverainement injuste de contester les immenses services qu'ils ont rendus, et qu'ils peuvent rendre encore à la nation ; mais est-ce à dire pour cela qu'ils soient les seuls moteurs de la richesse publique ?

Il est une accusation que l'on fait peser sur eux, c'est au lecteur de voir si elle est méritée : ils ne font, assure-t-on, aucun cas des libertés dont les autres citoyens se montrent si jaloux : le despotisme, sous quelque forme qu'il se présente, n'a rien qui les humilie ou les effraye : ils ne demandent aux gouvernants qu'une chose, de favoriser l'agiotage, de leur permettre de pressurer l'emprunteur, et de percevoir, sous des dénominations différentes, des intérêts exorbitants.

Or les royautés assises le plus souvent sur les priviléges,

2.

et qui ont besoin de grandes richesses pour entretenir leurs courtisans, leur luxe, leurs plaisirs, sont merveilleusement propres à satisfaire ces instincts : elles trouvent les hommes de finance trop utiles pour ne pas se les attacher par des concessions qui engagent leur reconnaissance, et elles leur accordent un crédit d'autant plus grand qu'elles sont plus corrompues et qu'elles ont un plus grand besoin de richesses.

Les gouvernements populaires, qui n'ont de chances de durée qu'en s'appuyant sur les sympathies de la nation, ne peuvent leur accorder les mêmes avantages; leur nature même les oblige à refréner cette ardeur de spéculations qui scandalise trop souvent la multitude.

On comprend donc que ces hommes ne se sentent pas à l'aise dans une république, qu'ils cherchent à restaurer un régime qui leur offre de meilleures garanties de prospérité : et peut-être ne serait-ce pas les calomnier que de dire qu'ils sont, avec les courtisans, les ennemis les plus redoutables des institutions qui règnent actuellement dans leur pays.

La haute bourgeoisie est moins sceptique, elle possède à un plus haut degré l'esprit de nationalité, d'indépendance et de liberté; mais les exagérations du socialisme l'effrayent, elle craint avec raison la réalisation de doctrines qui ne pourraient s'établir qu'après avoir tout bouleversé, elle tremble à la fois pour sa propriété et son repos.

Comme beaucoup de ses membres sont engagés dans les affaires industrielles, ils demandent surtout aux gouvernants l'ordre et le calme qui favorisent le travail et les transactions; ils redoutent la fièvre de mouvement qui entretient le mécontentement et l'inquiétude dans l'esprit de l'ouvrier, et ils ont raison; tout ce qui peut entretenir la division entre les citoyens et jeter la perturbation dans l'État est mauvais : mais ils ont tort si, pour arriver à cette tranquillité qu'ils désirent, ils songent à renverser ce qui existe.

§ II.

Leurs mœurs.

C'est une belle chose dans un État que des mœurs sévères ; elles firent la gloire de deux républiques, l'une la
plus austère, l'autre la plus puissante des temps anciens ;
auront-elles chez nous cette fortune ? Nous ne le croyons pas.
Notre esprit national est trop léger pour nous habituer jamais à une grande austérité de conduite, et si nous voulions
rechercher dans l'antiquité un modèle que nous fussions décidés à imiter, ce ne serait ni à Rome ni à Sparte que nous
le trouverions.

La population qui habite la rampe du mont Blanc subit à
la fois l'influence du caractère national et celle des grandes
fortunes ; le lien moral est assez relâché chez elle ; cependant
elle n'a jamais poussé l'amour du plaisir jusqu'aux déporte-
ments qui déshonorèrent l'aristocratie du dernier siècle, et si
elle se permet tout ce qui rend la vie agréable, elle sait se refuser généralement tout ce qui la flétrit, elle n'enlève pas à
la volupté toute pudeur.

Ce n'est donc pas dans ses mœurs privées que nous l'atta-
quons le plus vivement ; nous les voudrions plus sévères, nous
ne croyons pas qu'elles soient arrivées à cette dépravation
qui met un peuple au ban des nationalités honnêtes. Le mal,
c'est qu'elles sont la base des mœurs publiques, et quand la
base n'est pas solide, l'édifice qu'il supporte ne l'est pas davantage.

Il est des gens qui croient peu au patriotisme des financiers. La possession de l'or, disent-ils, a cette propriété d'af-
faiblir considérablement dans les âmes le sentiment de l'honneur national : leur fortune n'étant pas attachée au sol, et
pouvant être transportée aisément d'un pays en un autre, ils

se considèrent en quelque sorte comme n'ayant pas de patrie, et ce sont eux surtout qui disent : « *Ibi patria ubi bene.* »

La peur de la honte, de l'animadversion publique les déterminera bien à faire quelques sacrifices, mais ils donneront leur sang moins volontiers que l'homme du peuple, qui défend si souvent jusqu'à la mort le toit de sa maison et le champ héréditaire.

Il y a dans cette appréciation quelque chose de vrai : le financier est toujours un peu cosmopolite, il a sa fortune partout, et il a des intérêts en trop de pays pour être tout à fait dévoué à celui dont il est le citoyen.

La bourgeoisie aime plus le sol où sa maison est bâtie, où son usine l'enrichit, où est l'entrepôt de ses marchandises, où s'exerce son industrie ; elle défendra énergiquement ces biens contre l'étranger ; mais aussi pour les sauver, elle est capable de grandes faiblesses et de transactions qui humilient le drapeau. En un mot, elle n'est pas de caractère à pousser le patriotisme jusqu'à l'entière abnégation des intérêts ; et elle ne s'inquiète pas assez de savoir si la patrie ne perd pas en honneur ce qu'elle-même gagne en bien-être.

Les hommes qui prennent une part importante à l'administration de l'État sont généralement d'une moralité privée plus sévère ; l'habitude du travail, les soins de l'ambition, leur inspirent un certain respect d'eux-mêmes, et les élèvent au-dessus du désordre commun. Leurs mœurs politiques n'ont trop souvent pour règle que l'intérêt de leur élévation ; leur excuse est peut-être qu'ils ont d'eux-mêmes la meilleure opinion, et qu'ils se croient plus capables que leurs adversaires d'assurer la grandeur et la prospérité de leur pays. Quand on s'imagine que l'on peut faire de grandes choses, on est peu scrupuleux dans le choix des moyens qui élèvent au pouvoir.

Nous ne parlerons pas des mœurs des courtisans, de peur d'en dire trop de mal.

§ III.

Leur religion.

En apparence, ils professent le catholicisme; mais, au fond, leur religion est de n'en avoir aucune : ils admettent des principes de morale qu'ils pratiquent quand ils peuvent; ils ne croient guère à la vérité des dogmes religieux.

Cette population renferme dans son sein une secte de philosophes éclectiques qui exercent sur elle une assez grande influence : ces philosophes, qu'on pourrait nommer aussi panthéistes, imitent les sages des anciennes républiques : ils cherchent à dégager l'élément philosophique de l'élément religieux; ils cherchent la vérité au fond du premier, ils s'inclinent sans examen devant le second.

Mais comme on ne peut séparer ce qui est inséparable, il arrive de là que ceux pour qui ils écrivent, ceux pour qui leurs doctrines sont un enseignement, perdent leurs croyances religieuses; le peuple les conserve encore, parce que l'enseignement dont nous parlons n'arrive pas jusqu'à lui.

Depuis quelque temps, on a remarqué une sorte de retour, je ne dirai pas à l'esprit religieux, mais à la nécessité de l'affermir dans le peuple : on n'est pas plus croyant, mais on commence à comprendre qu'une religion bien établie est un frein salutaire.

Comme ce ne sont pas les croyances, mais la haine de la démocratie qui les pousse à donner plus de force au sentiment religieux, il est à craindre qu'ils ne veuillent se servir de celui-ci pour étouffer le sentiment démocratique.

On a déjà vu tant de folies, qu'on peut croire encore en celle-ci.

Il est des hommes qui, parce qu'ils ont dirigé le passé,

s'imaginent encore être les maîtres de l'avenir, et pensent
arrêter avec des canons et des soldats les débordements populaires : ce qu'ils ont de mieux à faire, c'est de les diriger
dans de bonnes voies.

La démocratie est en marche, qu'ils l'aident à s'avancer
d'un pas régulier, mais qu'ils ne cherchent pas à lui barrer
le chemin, c'est une œuvre au-dessus des forces humaines, et
que la religion elle-même ne pourrait accomplir.

§ IV.

Leurs principes politiques.

Leur politique repose sur des intérêts bien plus que sur des
principes : ils ont été portés au pouvoir par une révolution ;
ils ont cherché à organiser cette révolution, et à assurer une
sorte de légitimité au gouvernement qu'ils en ont fait sortir.

Pour cela, ils ont donné pour base au pouvoir la souveraineté populaire ; mais ils l'ont si fortement mutilée, qu'elle
est devenue bientôt la souveraineté de la bourgeoisie, et le
peuple ne fut pour rien dans l'établissement et la direction
de l'autorité gouvernementale telle qu'ils la constituèrent.

La souveraineté populaire n'a qu'une manière de se mani-
fester : c'est par le suffrage universel ; mais ils ne voulaient
pas seulement fonder un gouvernement, ils voulaient surtout
qu'il ne sortît pas de leurs mains : c'est pour cela qu'ils ad-
mirent l'hérédité au profit de la branche qu'ils avaient élevée
au trône, et qu'ils mutilèrent la souveraineté du peuple et
n'appelèrent à l'exercer qu'une imperceptible minorité.

Ils croyaient être sûrs de deux choses : premièrement, que
le suffrage universel était incompatible avec la forme monarchique, et qu'en s'appuyant sur la bourgeoisie et la finance,
ils auraient assez de force pour comprimer l'élément populaire.

Ils oubliaient qu'ils soulevaient contre eux un péril bien
plus grand, en admettant un principe dont ils refusaient l'ap-
plication : avec le suffrage universel, avec une administration
sollicitée sans cesse à prendre l'initiative des réformes utiles,
peut-être auraient-ils marché plus longtemps, malgré les en-
traves qu'oppose à tous moments une volonté souvent trop
puissante. En se défiant du principe qui les avait faits ce qu'ils
étaient, ils faisaient croire qu'ils doutaient eux-mêmes de la
légitimité de leur pouvoir, et qu'ils n'étaient qu'un gouvernement de coterie.

C'est l'opinion que le pays a prise d'eux, et c'est pour cela
qu'au jour du danger, ils n'ont trouvé ni une voix assez puissante, ni une épée assez forte pour les sauver.

Il eût mieux valu pour eux qu'à leur avénement au pouvoir
ils proclamassent franchement la souveraineté de l'intelligence : ils auraient évité de se contredire eux-mêmes, de
donner au peuple la mesure de leurs défiances et de leur peu
de bonne foi ; ils auraient amassé contre eux plus de haines
peut-être, mais aussi moins de mépris ; et leur audace leur
aurait nui moins que leur duplicité.

Ils pouvaient admettre aussi la souveraineté du fait accompli ou la souveraineté de la force ; c'était plus franc et moins
dangereux : on perd toujours plus que l'on ne gagne à se
mettre en contradiction avec les principes que l'on reconnaît.

Pour être peu instruit, le peuple n'en est pas moins bon
logicien ; il sait très-bien déduire les conséquences, et il le fait
à son heure, lorsqu'il trouve le pouvoir faible ou endormi.

C'est ce qui ne manqua pas d'arriver ; il s'aperçut bientôt
qu'on ne l'avait flatté que pour recevoir de lui le pouvoir, et
qu'on n'en usait que pour lui refuser les droits qu'on lui re-
connaissait : aussi ne tarda-t-il pas à se venger de cette ingratitude et à détruire l'œuvre qu'il avait fondée ; et le prince
qu'il avait porté sur le trône alla méditer à l'étranger sur les
justes retours de la fortune, qui abaissent quelquefois ceux
qui méritent d'être abaissés.

Un jour qu'on voulait profiter d'une révolution pour se saisir de l'autorité et la transmettre à ses descendants, on dit au

peuple : « Tu es souverain, tu peux te choisir un roi et dé-
créter que le pouvoir sera héréditaire au profit de sa race. »

Le peuple fit ce qu'on demandait de lui, ou au moins il ne
s'opposa pas à ce qu'on le fît pour son compte; mais plus
tard il se rappela ce qu'on lui avait dit, il se souvint qu'il
était tout-puissant, et comme il avait quelques raisons de
n'être pas satisfait des procédés dont on usait envers lui, il
fit cette fois ce qu'on ne lui demandait pas.

Ce n'est pas une chose facile que de s'entendre sur la limi-
tation des pouvoirs : on accorde toujours trop ou trop peu,
selon que l'on plaide pour soi ou contre les autres. Sous les
gouvernements constitutionnels, les assemblées veulent être
aussi puissantes que sous les républiques, et le prince voudrait attirer à lui toute l'autorité des souverains absolus.

Quand on est habile, on ne procède pas brusquement, on
envahit peu à peu : on tâche d'endormir dans le bien-être la
portion de la population qui prend une part active aux affaires ;
on réprime avec énergie la partie du peuple qu'un patriotisme
inquiet ou une turbulence naturelle jettent fréquemment dans
les agitations ; on persuade avec adresse au gros de la nation
que son intérêt n'est pas de surveiller ceux qui la gouver-
nent, mais de vivre en paix dans son atelier, dans sa boutique, dans son champ; et après que l'on a ainsi éteint dans
les âmes les instincts de liberté et d'indépendance qui animent
les peuples libres, on travaille avec plus de succès à l'affermissement d'un pouvoir qui grandit de jour en jour : on
marche ainsi jusqu'au moment où l'on oublie la prudence,
et on se brise contre un obstacle que l'on ne supposait pas
devoir opposer une aussi forte résistance.

Lorsque le pays était soumis à un gouvernement constitu-
tionnel, les rivalités dont nous avons parlé régnaient entre
les hommes qui composaient les assemblées, et ces assemblées
et le prince; nous ajouterons entre ces assemblées elles-
mêmes.

Il ne se passait pas d'année qu'on ne vît surgir quelque
conflit d'autorité. Le prince substituait le plus qu'il pouvait
son action à celle de ses ministres ; l'opposition lui disputait

toutes les concessions qu'il obtenait de la faiblesse ou de la complaisance des majorités; elle lui refusait toute volonté, toute initiative, toute responsabilité; elle le reléguait derrière ses ministres, dans une niche dorée, et l'exposait à la vénération du peuple comme ces statues de saints qu'on voit dans les temples au fond du sanctuaire.

Il avait des yeux pour ne rien voir, des oreilles pour ne rien entendre, une bouche pour ne rien dire, des pieds pour rester immobile.

Ainsi on donnait tout contentement à des ambitions qui étaient bien aises de ne pas rencontrer une opposition trop vive lorsqu'elles arriveraient au pouvoir; mais en même temps on abaissait au-dessous du dernier des citoyens le premier magistrat de l'État; on en faisait un corps sans cœur et sans âme, un être incapable de tenter le bien et d'oser le mal, un fétiche exposé à la vénération des sots.

Une pareille doctrine, si elle était acceptée, ne pourrait donner à un État que des princes imbéciles ou voluptueux. Tout homme qui se sent quelque valeur et la volonté de faire le bien, préférera à ce rôle inerte qu'on lui veut imposer, l'état de portefaix ou de charbonnier.

On doit convenir d'une chose cependant, c'est que l'opposition, en interdisant toute action au chef du pouvoir exécutif, se montrait beaucoup plus logique que les majorités qui admettaient aussi l'irresponsabilité du prince.

Cette doctrine est tellement insensée, tellement contraire à la nature des choses, qu'elle n'a jamais pu passer des lois dans la pratique.

Pour qu'elle fût sincèrement pratiquée, il faudrait trouver un peuple chez lequel la folie ou l'idiotisme eussent le privilége de régner.

Quoi que fassent les législateurs, il est de ces absurdités qu'ils ne feront jamais passer dans la conscience ou dans les mœurs d'une nation raisonnable; et jamais elle ne croira manquer à la justice en frappant le coupable malgré l'inviolabilité ridicule dont on l'entoure.

L'irresponsabilité est un de ces produits que les théories

3

constitutionnellés ont inventés au profit des monarchies.
On doit avouer que, jusqu'à ce jour, celles-ci en ont tiré
assez peu de profit.

§ V.

Leurs hommes politiques.

On voit dans leurs rangs beaucoup d'hommes d'un grand
talent et d'une habileté plus grande encore : ils ont acquis
dans la pratique des affaires cette dextérité d'esprit, cette
souplesse de langage, cette facilité de concience, qui leur
donnent un grand ascendant sur les assemblées et en font
des adversaires très-redoutables.

Ils s'effacent ou se produisent, selon qu'ils jugent que
leur action sera bien ou mal reçue, leur influence acceptée
ou repoussée.

Mais, dans la coulisse ou sur la scène, ils ne se donnent
pas de repos : ou bien ils se montrent eux-mêmes aux yeux
des spectateurs, ou bien ils font mouvoir des bonshommes
qui reproduisent leurs gestes et leurs paroles.

Ils sentent toute la force que donne la popularité, et l'a-
vantage que l'on en peut tirer pour le bien du pays ou sa
propre élévation; mais comme ils ne peuvent l'obtenir, ils
affectent de la mépriser, et s'attachent surtout à détruire ceux
qu'elle a élevés, à moins qu'ils ne voient en eux des instruments propres à servir leur ambition.

Ils se sont fait sur le gouvernement des idées que les événements ont la plus grande peine à modifier; partisans du
passé, ils voient la perfection dans le système politique dont
ils ont été les architectes et les soutiens; et ce n'est qu'avec
répugnance qu'ils acceptent des institutions que leur impose
l'esprit national. On affirme qu'ils travaillent sérieusement à
les détruire; nous avons peine à le croire; il y a sans doute
un grand plaisir à jouer à ses adversaires le tour dont on a

été soi-même victime, et à les humilier en leur prouvant qu'ils n'ont rien fondé de durable; mais il est pour des gens habiles une satisfaction plus douce encore peut-être, c'est de leur montrer que les royalistes son plus capables que les républicains de consolider et de bien gouverner une république.

L'avenir dira s'ils ont été animés d'une si honorable émulation.

Bien qu'ils détestent l'esprit nouveau, ils ont trop de pénétration pour ne pas comprendre qu'il y aurait folie à lui refuser toute concession, et que leur habileté, si elle devenait trop ouvertement réactionnaire, irait se briser contre d'insurmontables résistances.

Ils sentent que pour monter au pouvoir, ils ont besoin de se métamorphoser un peu; il arrive ainsi que leur intérêt les rallie aux institutions démocratiques, et ils ne s'attacheront à les démolir qu'autant qu'ils ne pourront les servir.

Les attaques les plus violentes qu'elles auront à soutenir ne viendront pas de ces hommes, mais de tous les subalternes qui ne peuvent être quelque chose que sous les gouvernements de privilége.

Un jour que tous ces hommes dont nous parlons étaient réunis, je me trouvais sur une hauteur avec un habitant, et nous dominions l'assemblée, dont nous pouvions aisément distinguer chacun des membres.

Comme ils m'étaient tous inconnus, je priai mon compagnon de me renseigner sur les personnages les plus renommés par leur nom, leur talent, leur influence; il ne se fit nullement prier, et satisfit aussitôt à ma demande.

Il me montra d'abord un des hommes les plus petits de l'assemblée. Il paraissait être âgé de cinquante et quelques années; sa poitrine était large, ses épaules fortes, et bien qu'il fût d'une taille peu élevée, on devinait en le voyant une nature vigoureuse.

Ses cheveux étaient blancs et courts; des lunettes tempéraient l'éclat de son regard, à la fois ardent et malicieux, et sur son visage on voyait s'épanouir assez souvent la causticité, l'enjouement et la bonne humeur.

En vain on y cherchait le reflet des haines politiques qui fermentent si souvent chez les chefs de parti ; on y voyait tout au plus du dédain et de la moquerie ; la bonne opinion qu'il semblait avoir de lui-même n'allait pas jusqu'à cette raideur orgueilleuse qui interdit le sourire ; et le sentiment que lui inspiraient ses adversaires ne paraissait pas de nature à troubler sa sérénité habituelle. On remarquait dans toute sa physionomie, ce je ne sais quoi de bon enfant qui séduit et attire les caractères peu défiants.

Ces impressions étaient-elles le reflet des sentiments intérieurs, l'image du caractère et du cœur, ou bien un masque dont il se couvrait le visage afin de plaire et de mieux tromper ? Nous ne le croyons pas capable de cette dissimulation, et nous pensons que s'il manque quelquefois de sincérité, ce n'est pas dans ces manifestations subites de la pensée.

« Vous voyez, me dit mon compagnon, ce petit homme qui se remue là sur son banc ; c'est bien l'esprit le plus actif, le plus pénétrant, le plus étourdi, et à la fois le plus rusé que nous ayons chez nous.

» Il n'est rien de si incompréhensible qu'il ne saisisse, de si obscur qu'il ne pénètre ; il tient un peu de la nature du chat, qui voit clair au milieu des ténèbres.

» La politique a mille détours, c'est un labyrinthe où il est facile de se perdre ; eh bien, il trotte, va partout, et se retrouve toujours ; on dirait que quelque belle Ariane lui a remis le fil qui lui permet de courir tous les sentiers et de ne s'égarer jamais.

» Sa parole est aussi lucide que sa pensée ; tout d'abord, sa voix grêle blesse l'oreille ; on croirait entendre le son d'un chalumeau fêlé ; mais peu à peu on oublie l'ingratitude de l'organe ; la curiosité s'éveille, un attrait singulier vous attache à ses discours, on écoute, on écoute depuis deux heures, et on ne songe point à dire : « Il m'ennuie. »

» Le plus souvent il expose, il raconte, il calcule, il cherche plus à intéresser qu'à émouvoir : soit qu'il se défie de la faiblesse de sa voix, ou qu'il manque de cette chaleur de l'âme qui inspire les grands mouvements, il s'adresse moins au cœur qu'à l'esprit, et rarement il cherche à soulever les passions.

» C'est peut-être bien un peu pour cela que sa parole a moins d'influence dans les moments où le sentiment politique est le plus surexcité.

» Il n'est pas plus scrupuleux que ne le sont ordinairement les hommes qui aspirent à gouverner l'État : les nécessités du bien public leur élargissent singulièrement la conscience : dans l'opposition ils sont les défenseurs les plus ardents des libertés nationales ; au pouvoir, ils sont les fauteurs les plus violents de la répression.

» Il pourrait être regardé comme le chef de cette école qui a deux politiques, selon les besoins de son ambition : libérale lorsqu'elle est en bas et veut monter ; oppressive lorsqu'elle est en haut et ne veut pas descendre.

» C'est l'ennemi le plus dangereux et en même temps l'ami le moins sûr : il est capable de tout justifier, de tout glorifier, et de tout faire.

» Historien et apologiste de cinq ou six gouvernements qui se sont renversés les uns les autres, il a trouvé des éloges pour chacun d'eux ; il les aurait servis tous successivement, sans qu'aucun reproche eût troublé sa conscience.

» Ses opinions n'ont pas plus de consistance que les feuilles tombées de l'arbre et que le premier souffle emporte.

» Ce sont les circonstances, ce ne sont pas les convictions qui le font ce qu'il est ; car il est aujourd'hui ce qu'il n'était pas hier, et il ne sera plus demain ce qu'il est aujourd'hui.

» Tout ce qu'il a écrit nous fait supposer qu'en matière de gouvernement, il ne reconnaît d'autre principe d'autorité que le fait accompli ; car nous ne pensons pas qu'il ait contesté la légitimité d'aucune des constitutions qui se sont succédé dans son pays.

» Au pouvoir, il avait assez de fierté pour être un courtisan peu docile, assez d'ambition pour vouloir être plus qu'on ne le permettait alors à des ministres ; il ne voulait pas seulement un fantôme d'autorité, il voulait l'autorité elle-même.

» Rentré dans l'opposition, ses ressentiments se trahissaient par des indiscrétions; il portait ses attaques plus haut qu'il n'était permis de le faire à cette époque, et ces agressions contre une personne inviolable scandalisaient beaucoup de gens, en réjouissaient un plus grand nombre, lui refusaient un peu de popularité et le rendaient nécessaire.

» On disait : « Il a brûlé aujourd'hui ses vaisseaux. » Et lui souriait, sachant bien qu'il tendait ses voiles et s'approchait du port, au moment même où on le croyait pour toujours en terre d'exil.

» Un jour qu'une révolution commençait de tout emporter, on s'imagina qu'il la pourrait calmer, on l'appela ; mais soit qu'il manquât d'audace, soit qu'il comprît son impuissance, on ne le vit point paraître, et la monarchie croula, sans qu'il tentât aucun effort pour en prévenir la ruine.

» Depuis, il est resté quelque temps dans l'ombre ; il était si étourdi du coup qui l'avait précipité le jour même de son élévation, qu'il en perdit la parole ; et lui qui avait l'habitude des longs et fréquents discours, ne dit plus mot. On s'étonna qu'après avoir si souvent et si longuement parlé, il pût se taire si longtemps.

» Il ne faudrait pas s'imaginer cependant qu'il ne cherchât pas à remuer, et n'eût aucun moyen d'action. Des plumes qu'il inspirait traduisaient sa pensée, exploitaient habilement les mécontentements et les misères qui suivent les révolutions, dénigraient avec une extrême violence les hommes et les choses, et démolissaient les plus hautes renommées.

» On s'élève en abaissant ses adversaires, on se rapproche du pouvoir en les en éloignant, et en cela la presse le servit aussi bien que la tribune.

» Les jours en se succédant ont modifié l'esprit public, la démagogie a nui à la démocratie, les exagérations révolutionnaires ont rendu aux hommes du passé une importance et une valeur qu'ils n'avaient plus, et aujourd'hui il parle, on l'écoute, on suit ses inspirations, et il n'est plus séparé du pouvoir que de l'épaisseur d'un homme.

» Pour faire tant de chemin en si peu de temps, quand on est si petit, il faut se remuer beaucoup.

» Pour surgir du flot révolutionnaire dont on fut un instant submergé, on a dû louvoyer avec bien de l'adresse.

» Pour se faire un piédestal de toutes les popularités qu'on a brisées, il a fallu bien des intrigues, et pour se faire pardonner son passé et grandir en faveur auprès de l'homme dont on s'est fait le geôlier, il faut bien de la ruse.

» Qu'on soit prudent cependant, qu'on ne se laisse pas entraîner aux conseils d'une ambition impatiente et peu sage ; on est moins fort qu'on le croit ; la démocratie est affaiblie, c'est vrai ; mais où est, malgré cet affaiblissement, la puissance capable de lutter contre elle ? »

A ce portrait, je jugeai que mon compagnon n'habitait pas le mont Blanc comme il le prétendait ; c'était sans doute un touriste mieux renseigné que moi, et qui connaissait assez bien les hommes et le pays pour donner toute satisfaction à ma curiosité. Peut-être même était-ce un habitant de la plaine qui était venu respirer un moment l'air de la montagne.

Il me montra ensuite un homme d'une taille plus élevée et d'un âge plus avancé que le premier : sa tête était presque entièrement dépouillée de cheveux, son regard avait quelque rudesse ; il montrait dans sa tenue, sur son visage et dans toute sa personne, la gravité d'un magistrat. Il avait sous le bras un énorme portefeuille que plusieurs de ses voisins, et surtout l'homme à petite taille, regardaient avec convoitise.

« Voici un personnage, me dit-il, que beaucoup de gens s'étonnent de voir ici, et on ne désespère pas qu'avant peu de temps il ne descende dans la plaine : sa parole est éloquente, et le serait plus encore si elle était moins enflée. Il ne manque pas de cœur ; il a su plus d'une fois réveiller le patriotisme, inquiéter le pouvoir dans ses mauvais desseins, et l'obliger à un certain respect des libertés qu'il cherchait à subtiliser.

» Ceux qui en font aujourd'hui un grand orateur le comparaient autrefois à une outre pleine de vent.

» Ceux qui le trouvaient éloquent jadis le comparent aujourd'hui à une cloche qui résonne et ne parle pas.

» Peut-être ne se trompent-ils ni les uns ni les autres : si on ne voit que ses qualités, on peut en dire beaucoup de bien ; si on ne voit que ses défauts, on peut en dire quelque mal.

» Il a la fermeté qu'il faut pour résister aux attaques de ses adversaires ; il n'a pas celle qu'il faut pour résister aux obsessions perfides de ses amis.

» C'est moins l'ambition que la faiblesse qui l'engage dans des voies tortueuses où toute conscience honnête doit souffrir.

» Il a près de lui un conseiller dont nous ne parlerons plus, qui semble le dépouiller peu à peu des scrupules qui font l'homme de bien, l'homme aux convictions inébranlables.

» Ce mauvais petit génie secoue un à un tous les fruits dont s'était chargée cette probité sexagénaire, la bonne foi, la franchise, la consistance dans les opinions ; et il tente mille efforts pour en faire un homme semblable à lui-même.

» Et, chose pénible à dire, cette funeste influence a eu tant de prise, qu'on ne sait plus que penser de celui dont on contestait le talent, mais dont nul ne contestait la probité. Il est difficile de trouver un homme qui ait été le même pendant tant d'années, et qui ait si fort changé en si peu de temps.

» Nous avons été attristés de voir ce nom si honorable baisser dans l'opinion, et tomber au rang de certains chefs de partis qui substituent la ruse à la loyauté, et dont l'incontestable capacité s'agite éternellement dans les intrigues. Nous pourrions dire, comme des familiers, qu'il est le même toujours ; mais nous ne voulons ni flatter ni mentir.

» Est-ce une vanité puérile, est-ce le désir de se faire une réputation d'homme politique qui l'obligent à ces variations ? Beaucoup de gens le pensent : nous, nous ne l'accusons que de faiblesse ; nous aimons encore à croire à sa probité, et nous ne désespérons pas de le voir bientôt un des meilleurs soutiens de nos institutions. Ces jours d'épreuve arriveront dans peu de temps ; car, au train dont vont les choses, il est facile de prévoir que sa chute ne tardera guère. Il succombera sous le poids de la politique peu nationale et peu franche dont il s'est fait le complaisant. »

Mon cicérone me fit remarquer aussi, sur un des points les

plus élevés de la rampe, un personnage dont l'influence est grande dans la population. Il avait atteint la vieillesse ; son visage un peu allongé avait du calme et de la dignité, et il mettait dans ses manières et son langage la plus grande urbanité.

Il fut un temps où il avait, avec une grande autorité, beaucoup d'ennemis : ils le renversèrent, et aujourd'hui il les soutient de son talent et de sa réputation.

Les haines politiques ont cela de particulier, que les intérêts de l'ambition les détruisent aussi aisément qu'ils les font naître.

S'il n'avait assez de valeur personnelle pour être quelque chose par lui-même, nous dirions que la naissance a fait de lui un ennemi de la démocratie.

Mais nous avons cette conviction que tous les hommes d'un mérite réel estiment beaucoup l'illustration qui vient d'eux-mêmes et fort peu celle qui vient d'autrui ; et s'ils détestent les institutions démocratiques, ce n'est pas parce qu'elles leur enlèvent un éclat héréditaire dont tant de présomptueuses nullités font si grand bruit.

Ils placent l'ordre politique moins dans l'établissement d'une forte aristocratie que dans l'éloignement du peuple des affaires.

Ils refusent aux multitudes le droit inaliénable qu'ont les hommes de se gouverner eux-mêmes, parce qu'ils ne leur croient pas le calme et l'intelligence nécessaires pour bien apprécier leurs intérêts et les bien administrer.

Ils se soumettent au suffrage universel comme à une nécessité des circonstances ; s'ils arrivent aux affaires, s'ils y restent assez longtemps pour organiser la résistance ainsi qu'ils l'entendent, nous ne doutons pas qu'ils ne démolissent la plus solide conquête de la révolution.

Nous croyons que l'homme dont nous parlons en ce moment est de cette école : nous croyons qu'il n'aime pas la démocratie : serviteur d'un prince occupé à la refréner, il doit être peu propre à la servir, et on doit, selon nous, se défier de lui d'autant plus qu'il a moins de versatilité dans l'esprit et plus de droiture dans le caractère. Il est de ces gens qui ne peuvent se forcer à être ce qu'ils n'ont jamais été, et qui seront toujours ce qu'ils sont.

Je vis un peu plus loin un officier supérieur mis avec une certaine recherche; il ne manque pas de considération, et le rang où il est élevé lui donne un assez grand crédit.

Si je parlais du chef militaire, j'en dirais le plus grand bien : il a de l'activité, de l'énergie, et il a soin du soldat.

Mais nous parlons ici des hommes politiques, et à ce point de vue, quelque indulgent que l'on soit, il est difficile qu'on n'en dise pas un peu de mal.

Assurément, il connaît les lois de son pays, il a pour elles le plus grand respect; il est fâcheux cependant qu'il ait agi quelquefois comme s'il ne les connaissait pas, ou comme s'il refusait de leur obéir.

Pour que les choses aillent bien dans un état, il faut que chacun se tienne à sa place : il n'appartient pas au serviteur de commander au maître, à l'instrument de résister à l'ouvrier. La résistance à la volonté légale de la nation est une mauvaise action et un mauvais exemple : on autorise ainsi le mépris des lois et des pouvoirs réguliers.

Trop souvent le soldat dédaigne ce que tout le monde doit respecter, les assemblées qui représentent le pays. Elles sont aux armées ce que le droit est à la force; et, sous aucun gouvernement, nous ne pensons que celle-ci doive faire fi du premier. Quand elle domine, on n'est plus gouverné, on est tyrannisé : c'est donc aux représentants du droit à rappeler la force à la déférence qui leur est due. Faiblir quand ils doivent réprimer, ce n'est pas seulement une lâcheté, c'est un crime contre la nation qu'ils exposent à la violence du sabre.

On le dit d'un républicanisme plus que modéré, et on prétend qu'il reporte sur les institutions les ressentiments qui l'animent contre les hommes dont elles sont l'ouvrage. On ne le croit pas d'humeur à favoriser les coups d'État que l'on tenterait contre elles; mais on assure qu'il ne serait pas fâché de voir les majorités ruiner peu à peu ce qu'il n'aime pas, et qu'il servirait avec bien plus de zèle un travail de destruction qu'un travail de conservation.

Nous ne pensons pas ainsi; nous lui croyons assez d'intelligence, un patriotisme assez sincère, pour comprendre que la royauté, quelque nom qu'on lui donne, est bien morte dans son pays, et qu'une résurrection d'un jour ne prouverait que l'impuissance où elle est de vivre sur un sol qui la repousse.

CHAPITRE TROISIÈME.

DE LA POPULATION QUI HABITE LE PIED DE LA MONTAGNE.

—o◉o—

§ Ier.

De l'esprit public des habitants.

Au pied de la montagne s'élève un vieux drapeau déchiré
et noirci de poudre ; il abrite quelques vieux soldats courbés
sous les fatigues, la gloire et les années : ils ont versé tant de
sang et si bien combattu, qu'on ne leur en veut pas de rêver
peut-être encore une résurrection impossible. On excuse
bien des erreurs lorsque c'est moins l'intérêt qui les inspire
que l'orgueil légitime d'un passé sans exemple, et la vénération pour le plus grand nom de l'histoire.

Souvent aussi on mesure ses antipathies à l'influence de
ses adversaires, et celle qu'ils exercent sur le pays est peu
dangereuse : ce n'est pas sur un nom que l'on fonde quelque
chose de durable.

Nous sommes persuadés d'une chose, c'est que de vieux
soldats, pleins d'honnêteté et de franchise, commencent à
comprendre qu'ils ne doivent au passé que des regrets, et
qu'il n'est pas en leur pouvoir de lui assimiler l'avenir.

Il est, nous le croyons, des influences autrement perni-
cieuses ; ambitieuses jusqu'à la folie, elles perdent en vou-
lant élever : que quelques hommes en haut aujourd'hui soient
en bas demain, ce n'est pas là qu'est le mal ; mais en cher-
chant à ébranler les constitutions au lieu de les affermir, on

trouble aussi la tranquillité des peuples, et on compromet une forme de gouvernement qui seule aujourd'hui a des chances sérieuses de durée.

On ne voit pas seulement en effet au pied de la montagne ces quelques débris de gloire, on voit aussi une population plus jeune, plus active, plus intrigante : un premier succès lui a mis une telle présomption dans l'âme, qu'elle se croit toute-puissante, et s'imagine que, si on ne manquait pas d'audace, on pourrait être plus que l'on est.

C'est malgré elle qu'on a pris certains engagements ; si on persiste à les tenir, ce sera malgré elle encore : ce temps qui limite la durée du règne lui semble trop court pour qu'elle ne cherche pas à le prolonger, à le perpétuer, si l'entreprise n'était pas trop difficile.

Quand on a devant soi un long avenir à donner à l'ambition et au plaisir, et que l'on entrevoit la possibilité de s'élever ou de rester à la bonne place où l'on est, il faut un grand amour du bien public pour savoir descendre noblement : on ne comprend pas toujours ce qu'il y a de grand à attacher son nom à une fondation qui peut faire le bonheur de son pays, et ouvrir un large chemin aux sociétés qui se perdent.

Trop souvent, alors, on se sent saisi du vertige des grandeurs ; on veut monter, et aux premiers échelons on tombe, on tombe dans le mépris, quand on pouvait descendre dans la gloire.

Que l'on se défie de ces gens qui se font courtisans avant même qu'il y ait un prince ; cette race avide, agitée de passions détestables, n'a jamais donné que de pernicieux conseils : comme elle ne reconnaît d'autre principe de conduite que ses intérêts d'ambition et de fortune, elle pousse à la violation des lois qui la gênent, elle pervertit la conscience des chefs du pouvoir, elle les trompe sur l'esprit des populations, elle leur souffle des idées subversives, et finit presque toujours par les jeter dans des coups d'État qui les perdent.

On aurait tort de s'imaginer qu'un gouvernement militaire à fonder soit une petite affaire ; pour qu'on l'accepte, il faut qu'on ait planté son drapeau sur plus d'un champ de bataille, et, jusqu'à ce jour, nous ne pensons pas qu'on ait rien fait, rien qui puisse honorer le pays : et si les événements appelaient les armées à renouveler ces luttes gigantesques de la grande épo- que, il se pourrait que les hommes dont nous parlons n'en recueillissent pas la gloire, et que quelque lieutenant inconnu fît oublier plusieurs de ceux qui portent aujourd'hui de grosses épaulettes.

§ II.

Mœurs et religion.

On voit dans le parti beaucoup de jeunes gens qui affectent surtout les allures militaires; ils aiment les aventures, mènent une vie joyeuse, et ne sont pas d'une sévérité de mœurs trop gênante.

Nous avons toujours pensé que les meilleures sources de moralité, c'était le travail et l'aisance : l'oisiveté, la misère et l'opulence sont les causes de mille désordres; et si la débau- che en guenilles va s'asseoir dans la mansarde de l'ouvrier paresseux, on voit bien souvent le vice aimable se glisser dans les petits appartements de cette jeunesse opulente qui promène son indolence par le monde.

Si un jour les révolutions ouvrent une carrière à ces dés- œuvrements, il est difficile qu'on ne cède encore à la puis- sance de l'habitude, et que l'on donne aux emplois dont on est investi les heures que l'on était accoutumé à donner aux plaisirs.

On comprend que les croyances religieuses ne soient pas très-ardentes chez ces jeunes gens dont nous parlons, et ce- pendant ils en apprécient les nécessités, parce qu'ils sont des hommes politiques ou aspirent à le devenir. Ils ont en effet le jugement assez droit pour comprendre qu'un peuple sans religion est un peuple ingouvernable; on a beau faire des lois, elles ne seront pas longtemps respectées s'il leur manque la sanction religieuse ; la force peut comprimer un moment le sentiment de la justice, le droit peut seul maintenir dans l'obéissance ; et le peuple puise ces notions bien moins dans les principes philosophiques qu'il ne peut étudier que dans l'enseignement religieux qu'il trouve auprès de lui.

Nous ajouterons, qu'ayant certaines espérances, ils cherchent à se rattacher des influences qui pourraient contribuer à leur élévation ; ils leur font des sacrifices qui coûtent du sang à la patrie, des larmes aux familles, attirent sur eux les malédictions et les haines des démagogues, et attristent profondément les hommes sincèrement dévoués aux institutions de leur pays.

Ils ne voient pas qu'une voix gagnée leur en fait perdre mille, et que leur popularité s'écroule au bruit des remparts qu'ils renversent.

Quand donc saura-t-on respecter chez les autres ce que l'on entend faire respecter chez soi ?

Le temps n'est pas éloigné où l'on s'apercevra que ces complaisances n'ont fait que des ingrats.

§ III.

Principes politiques.

Ils représentent l'idée du despotisme militaire dont ils se prétendent les héritiers ; nous parlons ici de ces hommes dont les conseils funestes échauffent le levain d'ambition qui se cache au fond des consciences les plus honnêtes. Les plus dangereux ne sont pas toujours ceux à qui revient le premier rang ; les subalternes, moins exposés en cas d'insuccès, osent souvent plus que les chefs qu'ils poussent malgré eux en avant ; et leurs intrigues sont d'autant plus à craindre qu'elles sont moins saisissables.

A beaucoup d'entre eux, il ne semble pas impossible de suivre la voie que l'on a parcourue anciennement ; ils ne songent pas à tout saisir d'un coup ; mais on parle des agitations que soulève dans le pays le renouvellement trop fréquent du pouvoir ; on a à son service des petits gentilshommes qui répètent et écrivent cela ; on tâche de faire comprendre qu'un pouvoir décennal tranquilliserait les intérêts, favoriserait les transactions, et assurerait la prospérité publique ; quand on a dix années devant soi, on s'imagine aisément que l'on peut préparer l'avenir ; en plaçant partout, dans l'administration, dans la magistrature, dans l'armée surtout, des hommes dont on est sûr, on se croit d'habiles gens, on se persuade qu'on est presque déjà le favori de quelque prince héréditaire : tandis que nos rêveurs cheminent doucement regardant ces châteaux merveilleux qu'ils bâtissent dans les nuages, ils ne voient pas la pierre qui est devant eux, et ils choppent, tombent, et se cassent le cou.

Le principe du despotisme militaire ou du gouvernement militaire c'est la force ; il peut s'entourer de certaines institutions que l'on voit dans les états libres, mais elles ne servent qu'à lui donner une apparence de légalité, elles n'assurent pas la liberté, parce qu'elles sont elles-mêmes en état de dépendance. Les assemblées délibèrent, mais sous la pression d'une force armée qui les soumet à la volonté du chef militaire. La justice peut être bien rendue dans les affaires civiles, mais dans tout ce qui touche à la politique, souvent la conscience du juge faiblit devant la menace. L'écrivain est libre de tout écrire, pourvu qu'il n'écrive rien qui déplaise au maître, à ses officiers, à ses courtisans. Les lois civiles, sous un tel gouvernement, peuvent être excellentes, les lois politiques sont détestables, elles organisent l'oppression du peuple tout entier, et l'écrasante domination d'un seul. Le plus grand mal n'est pas la perte de toutes les libertés ; c'est la nécessité d'être toujours en guerre, de payer beaucoup de gloire de beaucoup de sang, d'épurer le pays, et de le livrer, après un temps de ruineuses conquêtes, aux armes des coalitions.

Nous ne désirons pas pour notre patrie, même au prix d'autant de gloire, le retour de cet état de choses ; les travaux de la paix, les joies de la liberté nous semblent être des garanties beaucoup plus sûres de prospérité et de bonheur pour un peuple, que cette sanglante renommée qu'il trouve dans les combats.

Toutefois, si ce malheur public devait nous enorgueillir et nous humilier encore, ses héros ne seraient pas, nous le croyons, ceux qui le désirent le plus.

§ IV.

Hommes politiques.

Ce que nous avons dit de certains hommes a dû donner une idée assez juste de ce qu'ils sont et de ce qu'ils veulent; nous n'en parlerons plus; le cadre où nous voulons enfermer les quelques portraits que nous traçons est trop étroit pour y peindre des personnages encore peu connus; lorsque des services rendus au pays ou des actes moins secrets que des intrigues les auront mis en évidence, il sera plus facile de les bien apprécier et de les bien juger.

Mais il est un homme investi de la plus haute fonction de l'État, dont nous voulons parler; afin que l'on sache bien que nous ne l'associons nullement au rôle qu'on ne serait peut-être pas fâché de lui faire jouer.

Le degré de capacité et d'intelligence qu'il lui faut attribuer est encore le secret de l'avenir, c'est à l'expérience qu'on connaît l'homme, et elle n'a pas duré assez encore pour que l'on puisse en bien apprécier la valeur.

Le passé n'est pas toujours une preuve de ce que l'on est; il a pu être une leçon qui a appris à devenir ce qu'on n'était pas.

A-t-il la fermeté de caractère qu'il faut pour persévérer dans le bien, et résister aux entraînements perfides? a-t-il cette probité politique qui fait qu'un homme sait se sacrifier lui-même au bien-être de son pays? nous ne le savons pas encore; sa conduite pendant les trois années qu'il doit rester au pouvoir fixera notre opinion. Un acte de politique extérieure, si funeste qu'il soit, ne nous paraît pas suffisant pour incriminer les intentions, et supposer qu'on n'a voulu détruire chez un autre peuple des institutions républicaines que parce qu'on se proposait de les renverser plus tard dans son propre pays ; nous ne déduisons pas de ce que nous croyons être une erreur malheureuse des conséquences aussi criminelles.

Nous avons pour cela une raison, ce sont les engagements pris à la face du pays : nous aimons à croire à la sincérité des paroles, et nous ne pensons pas qu'on fasse si bon marché de son honneur, qu'on le sacrifie à des intérêts d'ambition : on sait que la première condition pour s'élever est de se faire estimer, et que chez un peuple loyal l'estime ne s'accorde qu'au prix de la loyauté.

Une constitution existe, qu'on s'est engagé à respecter; on s'est obligé solennellement à quitter le pouvoir, à le remettre entre les mains du successeur désigné par la nation, lorsque le moment de se retirer serait venu. En présence de déclarations aussi franches, nous ne pensons pas que l'on songe à violer ses engagements. Nous croyons trop à l'honneur pour croire au manque de bonne foi : lorsqu'on se ménage quelque issue secrète, on parle un langage plus réservé et moins précis.

Nous ajouterons : L'amour du bien public a plus de crédit sur les cœurs élevés que les intérêts de fortune, de bien-être et de grandeur. Depuis soixante ans nous roulons de révolution en révolution ; n'est-il pas temps, enfin, que le pays s'arrête et se repose sur des institutions moins fragiles ? Quand vous recommencerez le passé, à quoi bon, s'il doit aboutir encore à de nouveaux désastres ? Ce qu'il lui faut, ce n'est pas un sommeil de quelques années, plein de mauvais rêves et suivi d'un réveil sanglant ; c'est un ordre de choses qui l'enlève à toutes ces ambitions misérables, à toutes ces avidités tombées, à tous ces gentilshommes qui ont besoin de refaire leur fortune, et lui ouvre une voie nouvelle où la démocratie puisse s'avancer dans la paix, l'ordre et la liberté.

Qu'on se le persuade bien, la stabilité est là ou elle n'est nulle part : l'habileté ni la force ne la placeront ailleurs. Que les représentants du passé cherchent à rendre l'ancienne forme aux ruines qu'ils ont faites, et ils n'auront pas même ces succès éphémères qui leur assuraient quinze à dix-huit ans de durée : et cette fois ce ne sera plus la démocratie trompée et impuissante qui les arrêtera, ce sera la démagogie furieuse qui renversera l'édifice sur ses habitants.

Oui, nous en avons la conviction profonde, la démocratie est le seul port où après tant d'orages nous puissions trouver le repos, et insensés sont ceux qui la combattent; ils ne comprennent pas la puissance énorme qu'ils donnent à la démagogie, et les maux qu'ils préparent à leur patrie.

CHAPITRE QUATRIÈME.

-oϾ-

LES MUSCADINS.

Le muscadin a trente ans, il est fils de banquier ou de marquis ; il est d'un visage agréable, d'une humeur enjouée, d'une tenue irréprochable : c'est un homme de très-peu de savoir, mais de beaucoup de présomption, il n'a rien appris et parle de tout. Pourtant ce n'est pas à la tribune qu'il dépense le plus de paroles, il les réserve pour ses amis qui lui trouvent de l'esprit.

S'il lui prend fantaisie de hasarder un petit discours, il dit une sottise ; mais en lisant le lendemain certains petits journaux, il s'imagine avoir dit les plus belles choses du monde, et se persuade que les rieurs sont gens de fort peu de goût.

Tout en ne faisant rien, il ne désespère pas de faire un jour un grand homme ; un jour que la société cessera d'être agitée, que l'élément révolutionnaire aura été détruit ; et que les priviléges, la fortune, les amitiés puissantes pourront tout.

Son éducation politique a été un peu négligée ; il a étudié en amateur le droit, l'administration, la diplomatie ; il aurait pu en retenir quelque chose ; mais il fallait passer la meilleure partie du jour à la salle d'armes, au tir, au manége, aux clubs de la fashion, et sa soirée au théâtre, au bal, à l'estaminet ou ailleurs; c'est pour cela qu'il est très-bien dressé aux exercices gymnastiques, aux causeries des salons, mais fort peu habitué aux travaux de l'esprit.

Il ne désespère pourtant pas de saisir plus tard un porte-feuille : il a cette intelligence merveilleuse qui se joue des difficultés; au besoin, il saurait mêler les affaires aux plaisirs, et gouvernerait l'État en faisant une partie de lansquenet.

Le muscadin est par nature ennemi de la démocratie, et il la confond avec la démagogie. Il dit tout haut ce que beau-coup de ses amis pensent tout bas, que le suffrage universel est une sottise, et que si la société veut être bien gouvernée, elle doit se remettre aux mains de l'aristocratie et de la finance ; il ne voit de repos et de bien-être pour elle que dans l'éclat des noms et des écus : cependant il accorde à ceux-ci et à ceux-là une importance plus ou moins grande, selon qu'il tient à la banque ou à l'aristocratie.

Il prétend que cet honnête régime est celui de l'égalité, parce que si les 99 centièmes des citoyens ne prennent au-cune part aux affaires, chacun d'eux en particulier est apte à remplir les conditions exigées pour cela ; il trouve que l'ou-vrier qui n'est pas millionnaire, après quarante années de travail est un fainéant, et que l'intelligence, si elle est pau-vre, est une puissance perverse qu'on doit écarter du scrutin, et de laquelle les pouvoirs ont tout à redouter.

C'est dans les assemblées l'individualité la plus bruyante, et chaque jour il grossit de ses bravos et de ses interruptions le journal du gouvernement : il trouve que la liberté de la tribune est un scandale, qu'elle devrait être fermée à ses ad-versaires et accessible seulement à ses amis.

Il pense que les mauvaises doctrines, et ce sont celles qui déplaisent à son parti, ne doivent pas avoir ce retentisse-ment : il pense qu'il les faut étouffer sur les lèvres maudites de leurs représentants. La liberté, pour lui, c'est le droit de tout dire et de tout faire, et d'obliger ses ennemis à ne rien faire et à ne rien dire.

Le muscadin a des amis qui sont journalistes; ils lui pré-parent de temps en temps un petit triomphe, et lorsqu'il s'est enroué à crier *bravo*, à *l'ordre*, ils font le plus bel éloge de son énergie, et disent qu'il a sauvé la société.

Il veut aussi la liberté pour la presse, mais pour la bonne ; l'autre, on doit l'incarcérer, la ruiner, l'étouffer, la briser. Si durement qu'agisse le pouvoir, il ne réprime jamais assez, et il l'incite sans cesse à des mesures plus violentes : c'est un petit jeune homme qui s'est trompé de pays en venant au monde ; on l'avait envoyé sur les bords de la Néva, et il s'est égaré sur les rives d'un autre fleuve.

C'est un grand défenseur de la propriété ; mais cependant il a un peu moins de respect pour celle de ses adversaires que pour la sienne et celle de ses amis, et au besoin il détruirait la première afin de mieux conserver les deux autres.

Autrefois certaines dévastations ont fort affligé les honnêtes gens, et il a beaucoup crié ; aujourd'hui les mêmes faits se présentent, et il ne dit rien. D'où vient cela ? Ne serait-ce pas que les coupables autrefois étaient ses ennemis et que les coupables aujourd'hui sont ses amis ? Pourtant cette opinion pourrait être fausse. Sous un gouvernement né de la veille, à peine sorti d'une révolution, impuissant à réprimer les excès, la conscience publique avait seule assez de force pour les flétrir et les arrêter, et le devoir de tout bon citoyen était de protester ; mais sous un gouvernement régulier, il pense sans doute qu'il faut laisser ce soin au pouvoir.

Le muscadin déteste les agitations qui peuplent la rue et troublent le repos public, et il a raison ; mais il ne veut pas seulement que l'on réprime, il veut que l'on supprime. Plus d'une fois il a essayé de répondre à ses adversaires, il a peu réussi : son éloquence épileptique a fait rire tout le monde, et n'a convaincu personne. Depuis, il trouverait commode de répondre avec l'argument que le soldat cache au fond de son fusil, et volontiers il substituerait la suppression à la discussion ; mais son opinion est peu en faveur, et il trouve les plus blancs encore un peu rouges.

Sa politique extérieure est d'applaudir à toutes les démocraties qui tombent, à tous les despotismes qui se relèvent. C'est qu'il ne voit rien de beau comme être le banquier d'un prince ou le courtisan d'un roi. Il a l'âme trop peu élevée pour comprendre la dignité du citoyen dans un état libre; il a le cœur trop perverti pour s'habituer aux mœurs austères qu'une bonne démocratie doit substituer aux dérèglements des monarchies; il a trop d'orgueil dans l'esprit pour subir l'égalité qui est le fondement des institutions républicaines.

CONCLUSION.

Cet écrit qu'on vient de lire est l'œuvre d'un esprit qui se défie et qui craint : dévoué de toute la force de ses convictions au gouvernement de la démocratie, il ne voit pas sans inquiétudes quelques-uns des hommes qui le dirigent. C'est à eux, à leurs amis, que nous nous adressons ici. Leurs intentions sont droites, peut-être ; à qui la faute si leurs actes font douter de leur bonne foi ?

Il n'est pas de ceux qu'une adhésion bruyante persuade : les anciennes convictions lui font accepter avec réserve les conversions récentes : il sait qu'elles peuvent être sincères ; mais il sait aussi qu'il ne faut pas trop compter sur les hommes qui acceptent tous les gouvernements, et les servent à mesure qu'il se succèdent.

Le scepticisme politique est peu propre à fonder quelque chose de durable : le moyen de travailler avec ardeur à la consolidation de certaines institutions quand on est prêt à accepter des institutions contraires ?

Nous ne limitons pas le républicanisme aux convictions de la veille ; mais nous voudrions que les conversions du lendemain ne fussent pas des attrapes. Ce patriotisme qui s'arrange de tout ne nous va pas : il sert trop bien les intérêts pour bien servir le pays.

Nous sommes convaincus d'une chose, c'est qu'il est possible, c'est qu'il est facile de fonder chez nous un bon gouvernement républicain ; mais pour cela il faut le vouloir, et il faut agir comme si on le voulait sincèrement. Il ne faut pas, par un entêtement fatal, par une obstination aveugle, aller détruire chez les autres un principe en vertu duquel on est soi-même gouverné; et, sous prétexte de religion, ruiner la liberté d'un peuple. De pareils succès ne sont pas le triomphe de la religion, ils en sont le deuil. Nous ajournons ceux qui en douteraient à un prochain avenir. Pendant longtemps encore cette malheureuse expédition pèsera sur la France comme une honte, sur les hommes qui l'ont préparée comme une mauvaise action.

On le reconnaît, chez nous la monarchie est déconsidérée, le nom de roi n'a plus de prestige aux yeux des peuples; un certain besoin de liberté agite la nation; tout le monde veut sa petite part de l'exercice des droits politiques. Eh bien! nous le demandons à tous les hommes de bonne foi, est-il de meilleures conditions pour un pays qui veut constituer la démocratie?

Permettez-nous de vous le dire, si vous ne consolidez pas l'édifice social nouvellement établi, c'est que vous ne tenez pas à ce qu'il se consolide; c'est, surtout, que vous sentez chanceler sous vous l'appui que vous prêtent les hommes à deux faces qui vous entourent.

Vous vous plaignez des défiances que l'on nourrit contre vous; mais votre conduite ne les justifie-t-elle pas? Vous avez combattu de toute votre influence la candidature d'un homme dont les sentiments républicains n'étaient suspects qu'à quelques milliers de démagogues. Pourquoi l'avez-vous combattue? Etait-ce par horreur du socialisme? Vous savez bien que non. C'était donc par ambition, et si ce n'était par ambition, ce n'était pas sans doute non plus par amour pour la république?

Nous aimons mieux croire que vous avez cédé à vos ressentiments, au plaisir d'abaisser des adversaires qui avaient eu tort peut-être de ne pas accepter votre concours. Ce sont là de petites blessures qui guérissent vite : soyez et restez républicains, et on vous les pardonnera aisément. Mais jusqu'à ce que vos actes aient prouvé que vous l'êtes, ne vous plaignez pas qu'on n'ait pas en vous toute confiance ; trouvez bon que l'on veille, et que l'on vous dise de temps en temps : « Prenez garde ; si vous êtes sincères, il est autour de vous des influences qui ne le sont pas. »

Vous vous dites républicains, et vous avez vécu en hostilité ouverte avec une assemblée républicaine. Dans un jour de deuil pour la patrie, elle avait prodigué son courage et son sang ; ses ennemis les plus haineux baissaient le front devant son patriotisme, et plus tard vous avez vu avec une joie secrète les outrages dont l'accablaient des plumes mercenaires.

Vous limitiez à votre fantaisie la liberté des théâtres, et vous permettiez qu'on livrât aux huées de la foule les représentants de votre pays et qu'on en fît une assemblée de pantins et de polichinelles.

Dites-moi, s'il prenait fantaisie à un faiseur de vaudevilles de représenter en pierrots les hommes qui vous soutiennent aujourd'hui et qui vous renverseront demain, le souffririez-vous? Non, et vous feriez bien. Dès que vous admettez une restriction à la liberté des théâtres, vous devez en user surtout pour imposer le respect de la représentation nationale.

Vous vous plaignez que l'on calomnie vos intentions ; croyez-moi, vos actes, nous vous l'avons dit déjà, vos alliances, vous calomnient bien davantage. Sincèrement, croyez-vous que l'on puisse avoir une confiance illimitée dans ces hommes bigarrés qui se groupent autour de vous? Vous savez bien que leurs bruyantes adhésions vous persuadent peu.

Si vous aimez les institutions que vous servez, si vous avez la ferme volonté de les affermir, vous connaissez alors mieux que nous la fragilité des appuis qui vous soutiennent, vous prévoyez les embarras qu'ils vous préparent, et vous pouvez déjà calculer l'heure de votre chute. Leur pensée ne vous est pas un mystère, et s'ils vous la cachent, les organes qui les représentent sont moins prudents, et tous les matins ils vous répètent : « Marche ! marche ! » C'est la voix qui pousse le Juif errant dans la route maudite.

Vous voulez que nous ayons confiance, lorsque tous les jours nous entendons répéter autour de nous par vos cory-

phées qu'il faut en finir, que la mascarade a duré assez longtemps ; lorsqu'on ressuscite les Bourguignons et les Arma-
gnacs, lorsqu'on encourage quelque Charles IX à donner le
signal d'une Saint-Barthélemy, lorsqu'on nous rappelle aux
temps les plus affreux de nos guerres civiles, lorsqu'il ne
s'échappe de vos poitrines aucun cri d'indignation pour protester contre de pareils excès de langage.

Non, nous n'aurons pas confiance en vous aussi longtemps
que nous vous verrons entourés de pareils amis.

Nous ne sommes pas de ceux qui refusent au peuple le
droit de choisir la forme de gouvernement qui lui plaît et de
modifier sa constitution ; mais nous ne reconnaissons pas pour
des républicains ces hommes de la monarchie qui prétendent
servir la république, et qui n'usent de leur crédit que pour
soulever l'opinion contre elle, qui dressent secrètement leurs
batteries, et se préparent à la détruire dans un prochain
avenir : nous ne regardons pas comme républicains les
hommes plus patients qui attendent pour renverser la constitution que le moment de la réviser soit venu, et qui usent
également de toute leur influence pour déconsidérer la forme
actuelle du gouvernement dans l'esprit des populations.

Ces hommes-là ne méritent pas un nom qui honore, mais
un nom qui flétrit.

Lorsqu'on se glisse astucieusement dans le camp de l'ennemi, lorsqu'on revêt son uniforme, lorsqu'on s'empare des
meilleures positions, et lorsqu'on profite de tous ces avantages
pour le trahir et le perdre, quel nom a-t-on mérité ? Autrefois, lorsque vous étiez au pouvoir, les adversaires qui lut-
taient contre vous ne se cachaient pas sous votre cocarde, ils
ne se faufilaient pas dans vos rangs afin de vous mieux perdre, leurs visages ne portaient aucun masque ; est-ce que
cette loyauté ne vous plairait pas ? elle nuirait à vos intrigues, c'est vrai, mais elle ferait honneur à vos personnes.

Si beaucoup d'entre vous sont quelque chose aujourd'hui,
vous le savez bien, ce n'est pas parce qu'ils ont servi la monarchie, c'est parce qu'ils se sont dits républicains, c'est
parce qu'ils se sont engagés, dans les comités électoraux, à

soutenir, quoique monarchistes, les institutions que leur pays venait de se donner. Si vous n'avez pas fait un mensonge, affermissez-les donc, et ne conspirez pas leur renversement ; désavouez vos journaux qui vous calomnient, soyez démocrates, et faites de la démocratie : éclairez les hommes qui sont au pouvoir, ne les égarez pas ; réprimez la violence, mais n'en faites pas un prétexte de réaction.

N'exagérez pas les fautes de vos adversaires, n'exagérez pas vos succès, de peur qu'on vous accuse de profiter de tout pour oser tout : en agissant ainsi, vous irritez, vous ne calmez pas ; vous opprimez, vous ne gouvernez pas ; vous fermez la bouche de vos ennemis, vous ne leur répondez pas ; vous préparez des agitations nouvelles, vous n'assurez pas la tranquillité ; vous créez des précédents funestes et autorisez des vengeances.

Il ne suffit pas qu'on ait le droit, il faut en user avec modération, et ne pas recourir à tout propos à des lois exceptionnelles. Ce sont de détestables moyens qui ont plus nui aux gouvernements qui s'en sont servis, qu'ils ne leur ont été utiles ; ils font supposer qu'on se défie de la justice ordinaire, qu'on a peur de la lumière, que la discussion effraye, et qu'on a besoin du silence pour couvrir sa responsabilité, ou aggraver la culpabilité du parti qu'on a vaincu.

Vous, qu'une haine commune réunit aujourd'hui, et que des haines de parti diviseront demain, dites-moi, qu'avez-vous fait pour l'affermissement de ce gouvernement que vous prétendez vouloir maintenir ? Au lendemain de la révolution, beaucoup d'entre vous ont dissimulé leurs rancunes, et tous vous vous êtes rangés autour des hommes qui acceptaient la mission de calmer les passions populaires, et de faire respecter vos propriétés et vos personnes.

Aussitôt que le calme fut revenu, votre sourde hostilité a recommencé, vous avez oublié les services rendus pour ne voir que les fautes : vous n'avez pas voulu tenir compte des énormes difficultés que l'on rencontre en de pareils temps, et vous avez commencé cette guerre aux personnes, qui n'est pas prête encore de finir.

Jusqu'à ce jour, vous avez attaqué avec ensemble, mais ne craignez-vous pas de vous diviser bientôt et de vous détruire les uns les autres ?

Deux hommes surtout personnifiaient en eux la république, non cette république turbulente, démagogique, furieuse, rouge enfin ; mais cette république qui aime la paix et l'ordre; eh bien ces deux hommes, vous les avez attaqués avec un archarnement sans exemple ; vos haines, vos dénigrements, vos calomnies les ont poursuivis partout : vous n'avez pas même respecté leur foyer domestique et leurs affections de famille, et pour mieux perdre le fils, vous avez ouvert la tombe du père.

Pour mériter vos sympathies, il ne suffit donc pas de bien servir son pays, de combattre énergiquement pour l'ordre et les lois, de vouer son nom à la haine de ceux que vous regardez comme les implacables ennemis de la société; il faut encore être de vos intrigues et de vos coteries.

Un de ces deux hommes, une des grandes gloires du pays dans le présent et surtout dans l'avenir, n'a pas même trouvé grâce devant vos comités électoraux. Cet ostracisme manquait à sa renommée : en tous temps l'ingratitude a grandi et éprouvé les nobles caractères.

Au milieu de ces passions misérables qui troublent les partis, on ressent une joie vive à voir cette dignité calme que n'a irritée ni l'injustice ni l'injure, et qui jamais n'a laissé tomber sur ses adversaires aucune parole violente.

C'est l'homme des anciens jours, c'est l'homme qui aime sa patrie ingrate, autant qu'il l'aimait reconnaissante : mais pourquoi se plaindre? N'est-ce pas la loi de l'humanité? L'envie ne s'est-elle pas toujours attachée à démolir les patriotismes les plus désintéressés, les gloires les plus belles?

A la fin du dernier siècle, Washington donnait à son pays l'indépendance et une constitution qui en firent en peu de temps une des plus riches et des plus puissantes nations du monde ; lui a-t-on épargné les accusations et les outrages ? Mais on s'élève aisément au-dessus des rumeurs injurieuses, lorsqu'on voit son nom rayonner dans l'histoire, entouré du respect et de la reconnaissance des peuples.

Qu'on pardonne à la sincérité de nos opinions l'amertume des réflexions qu'on vient de lire : nous serions peut-être plus modérés si nous étions moins convaincus; mais nous croyons fermement qu'il n'y a de repos pour notre pays que dans les institutions républicaines, que tous les essais de restauration aboutiront à des révolutions nouvelles ; et en voyant la marche des choses, et l'esprit de quelques-uns des hommes qui pèsent sur le gouvernement, nous nous inquiétons de l'avenir, et ne savons pas maîtriser nos alarmes ; nous sommes de ceux qui font sentinelles au milieu des deux camps, et qui veillent sur la constitution ; qu'on la modifie après les trois années d'expérience, personne ne s'y oppose ; mais si on la veut détruire, nous protesterons de toute l'énergie de notre âme, et nous nous attristerons sur notre patrie vouée à d'éternelles agitations.

Affermissez ce qui existe, et nous serons heureux de reconnaître que nos défiances étaient des erreurs : nous oublierons ces rigueurs qui ont fait gémir la liberté, nous avouerons que nous avions moins de prévoyance que vous n'aviez d'habileté, et nous nous inclinerons avec respect devant vos personnes.

Nous ajouterons en finissant : Quoi qu'il advienne, nous serons toujours de ceux qui respectent les lois de leur pays et se soumettent au vote des majorités. Nous conserverons nos convictions, et elles viendraient à succomber, que nous chercherions de nouveau à les faire triompher ; mais aussi longtemps qu'on respectera le suffrage universel, nous considèrerons l'insurrection comme un crime.

JULIUS.

Paris. — Imprimerie Dondey-Dupré, rue Saint-Louis-au-Marais, 46.